3 ESO

edebé

Geografia i Història

Bloc I: Història

El projecte de **Ciències Socials 3 ESO**

HISTÒRIA

Una proposta d'activitats inicials per introduir en l'assignatura a l'alumnat que s'incorpora al curs i actualitzar els coneixements previs.

LES UNITATS

Imatge inicial relacionada amb la unitat, acompanyada dels **continguts** i d'un **eix cronològic** en les unitats d'història.

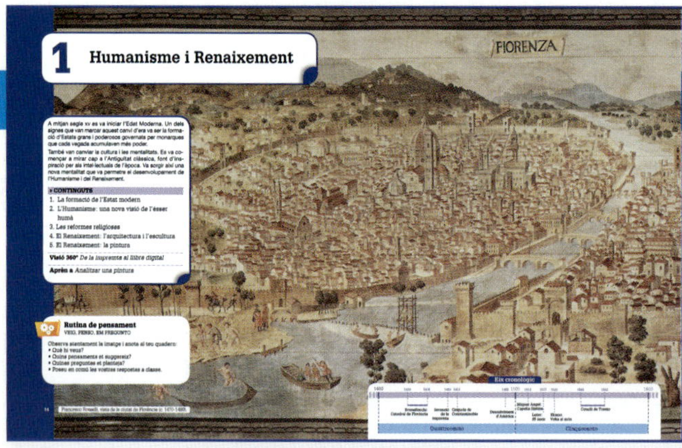

Desenvolupament dels continguts

Dobles pàgines dividides en apartats i subapartats, amb textos expositius per facilitar la comprensió.

Recursos i activitats

Gran quantitat d'imatges, **mapes i textos complementaris,** així com d'activitats per atendre la diversitat i treballar les competències.

ANNEX CARTOGRÀFIC

Annex amb mapes històrics.

EMPRENEM

Creativitat, iniciativa, treball en equip... en un projecte real.

AVALUACIÓ DE COMPETÈNCIES

Activitats que permeten valorar les competències i els coneixements adquirits, després de l'estudi d'un bloc de continguts.

edebé On

projecte global interactiu

Llibre digital interactiu

Incorpora els **recursos digitals** necessaris (vídeos, presentacions, activitats interactives, àudios, enllaços...) per tal que el professorat gestioni de manera eficaç l'aprenentatge a l'**aula digital.**

VISIÓ 360°

Documentació sobre un tema per investigar fora de l'aula.

APRÈN A

Pautes metodològiques per treballar els **procediments** més importants, amb exemples i exercicis d'aplicació.

SÍNTESI I ACTIVITATS FINALS

Esquema per completar, **dades clau** i **personatges** destacats que resumeixen els continguts treballats en la unitat. **Activitats** que permeten repassar els continguts.

POSA A PROVA LES TEVES COMPETÈNCIES

Activitats integrades a partir de documents, per comprovar l'assimilació de les competències.

RUTINA DE PENSAMENT
Per aprendre a pensar.

ÀGORA
Un espai obert al diàleg i la reflexió.

PBL
Aprenentatge basat en problemes.

VISIÓ 360°
Experiències per aprendre fora de l'aula.

CRE@CTIVITAT
Eines TIC per buscar solucions creatives.

DESTRESES DE PENSAMENT
Per a un pensament crític i creatiu.

TÈCNIQUES COOPERATIVES
Per millorar la responsabilitat individual i les relacions socials.

INTEL·LIGÈNCIES MÚLTIPLES
Perquè hi ha diferents maneres d'aprendre i ser intel·ligent.

Disponible al teu espai personal: **www.edebe.com**

Multidispositiu

Quadern digital interactiu

Organitzat en **seqüències temàtiques** per promoure **l'aprenentatge autònom** per part de l'alumnat (sota la planificació i el control del docent) en un **format digital amigable i intuïtiu.**

Biblioteca de recursos digitals

Un **espai** fàcilment **accessible** on trobareu recursos per consultar, descobrir i explorar el coneixement.

Índex

Visió 360⁰	Cre@ctivitat	Aprèn a
De la impremta al llibre digital	Elaborar una revista d'art	Analitzar una pintura
El Nou Món a la taula	Editar un mapa temàtic	Comparar fonts escrites
El llegat arquitectònic de la monarquia hispànica	Elaborar un arbre genealògic	Analitzar mapes històrics
Viure i morir al segle XVII	Fer eixos cronològics	Analitzar l'arquitectura barroca

Annex cartogràfic

Visió 360º	Cre@ctivitat	Aprèn a
Cap al desenvolupament sostenible	Elaborar gràfiques	Analitzar indicadors econòmics
Del camp a la nevera	Elaborar una presentació animada	Analitzar un paisatge agrari
El petroli i el carbó	Fer un mapa temàtic	Analitzar un paisatge industrial
Infraestructures que impacten	Elaborar esquemes	Analitzar un mapa de fluxos
El turisme sostenible	Realitzar un reportatge periodístic	Analitzar un paisatge humanitzat
La pobresa al món	Elaborar una miniweb	Analitzar l'IDH
La democràcia al món	Crear un pòster multimèdia	Analitzar textos legislatius

Annex cartogràfic

Emprenem: Conèixer un negoci de barri

Recorda... la història

La història està dividida en diferents períodes o edats. Encara que el pas d'una edat a una altra no es produeix de manera immediata, s'han establert unes dates convencionals com a punts de referència. Així, l'any 1453, quan els turcs otomans van conquerir Constantinoble, es considera l'inici de l'Edat Moderna. Repassa els aspectes clau de la història que has estudiat fins ara.

De la Prehistòria a l'Edat Antiga

Sabem que els primers éssers humans van ser caçadors i recol·lectors que vivien en coves. Amb el pas del temps, van aixecar poblats agrícoles que es van acabar convertint en ciutats en les quals **va aparèixer l'escriptura.** Aquest fet marca la transició de la Prehistòria a l'Edat Antiga, en la qual es van desenvolupar grans civilitzacions.

1. Elabora un eix cronològic de l'Edat Antiga i situa-hi les civilitzacions del requadre.

Egipte - Grècia - Imperi macedònic - imperis mesopotàmics
Imperi romà d'Orient - Roma (Imperi) - Roma (Monarquia) - Roma (República)

2. Observa atentament el mapa en què es localitzen les primeres civilitzacions.

— Al voltant de quin mar es van desenvolupar la majoria de les civilitzacions?

— Quin és el riu que discorre per Egipte? Quins altres rius eren igual d'importants? Per quins motius?

3. Redacta una breu síntesi de l'aparició de les civilitzacions de l'Antiguitat. Per a això, utilitza els termes del requadre.

agricultura - ciutats - coneixements - democràcia - fluvial - imperis - monarquies - religió - societat jerarquitzada

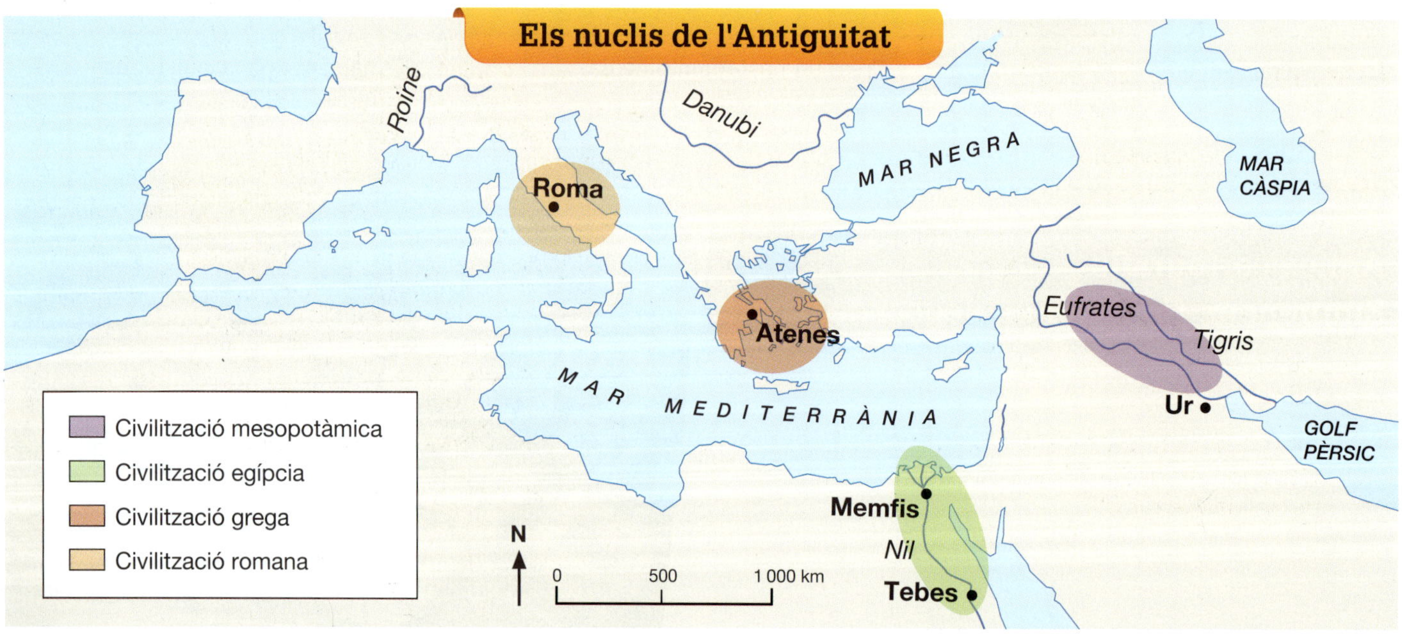

L'Edat Mitjana a Europa

L'ocupació de Roma per una tribu germànica, l'any 476 d.C., marca l'inici de l'Edat Mitjana a Europa. Aquest fet assenyala la fi definitiva d'una rica civilització urbana desenvolupada a la conca mediterrània.

Els pobles germànics van iniciar un nou tipus de relacions polítiques i econòmiques en una societat més ruralitzada, que van constituir la base del feudalisme propi de l'Edat Mitjana.

4. Observa atentament el mapa d'Europa i l'Orient Pròxim a la fi del segle v i respon les preguntes.

- Per on discorre la línia que divideix l'Imperi romà d'Orient i el d'Occident?
- Com es va denominar l'Imperi romà d'Orient durant l'època medieval? Per què?
- Quins regnes germànics existien a la fi del segle v? Indica en quin Estat o Estats actuals es localitzava cadascun d'aquests regnes.

5. L'expressió «Edat Mitjana» va ser encunyada durant l'Edat Moderna pels erudits del Renaixement, que valoraven l'Antiguitat com un període de gran esplendor.

- Per què creus que li van donar aquest nom? Raona la teva resposta.

6. Observa atentament el mapa d'Europa al segle xiv i respon les preguntes.

- Quins eren els regnes més extensos d'Europa?
- Quins Estats es van formar al territori de l'antic Imperi romà d'Orient?
- Quin imperi amenaçava Bizanci?
- Quins regnes hi havia a la península Ibèrica?
- Amb quin regne es va enfrontar la Corona d'Aragó en la seva expansió per la Mediterrània?

Europa i l'Orient Pròxim a la fi del segle v

Europa al segle xiv

L'Edat Mitjana al llarg del temps

L'Edat Mitjana comprèn el periode que va des de la caiguda de l'Imperi romà d'Occident, l'any 476, fins a la caiguda de Constantinoble el 1453. D'altra banda, anomenem Alta Edat Mitjana i Baixa Edat Mitjana, respectivament, els períodes anterior i posterior a l'any 1000.

7. Reprodueix l'eix cronològic de l'Edat Mitjana, llegeix el nom dels personatges i els fets històrics que s'indiquen en les caixes de la dreta i anota'ls correctament en l'eix.

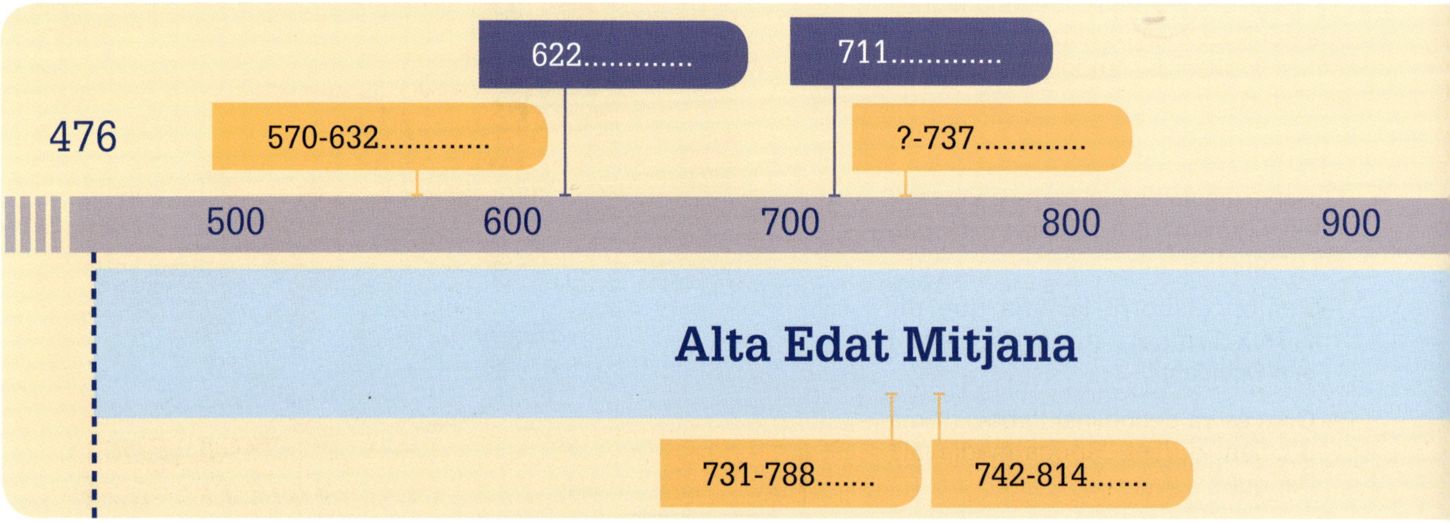

Fets i processos medievals

La llarga Edat Mitjana va estar marcada per nombroses fites i processos històrics de gran transcendència, com ara les invasions bàrbares, l'expansió de l'islam, la conquesta musulmana de la península Ibèrica, el renéixer de les ciutats, l'arribada de la pesta a Europa i la desaparició de l'Imperi bizantí.

8. Explica breument cadascun dels fets i processos esmentats que es reflecteixen en les imatges següents, i ordena'ls cronològicament.

a

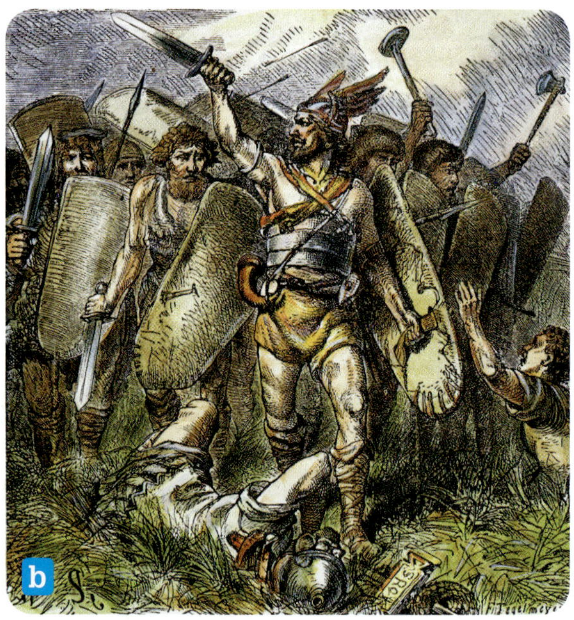
b

Personatges

Abd al-Rahman I - Alfons X de Castella
Carlemany - Jaume I d'Aragó - Mahoma
Don Pelayo - Ramon Berenguer IV

Fets històrics

caiguda de Constantinoble - Cisma d'Orient
conquesta musulmana d'Hispània - Jaume I conquereix Mallorca
l'hègira, fugida de Mahoma - arribada de la pesta

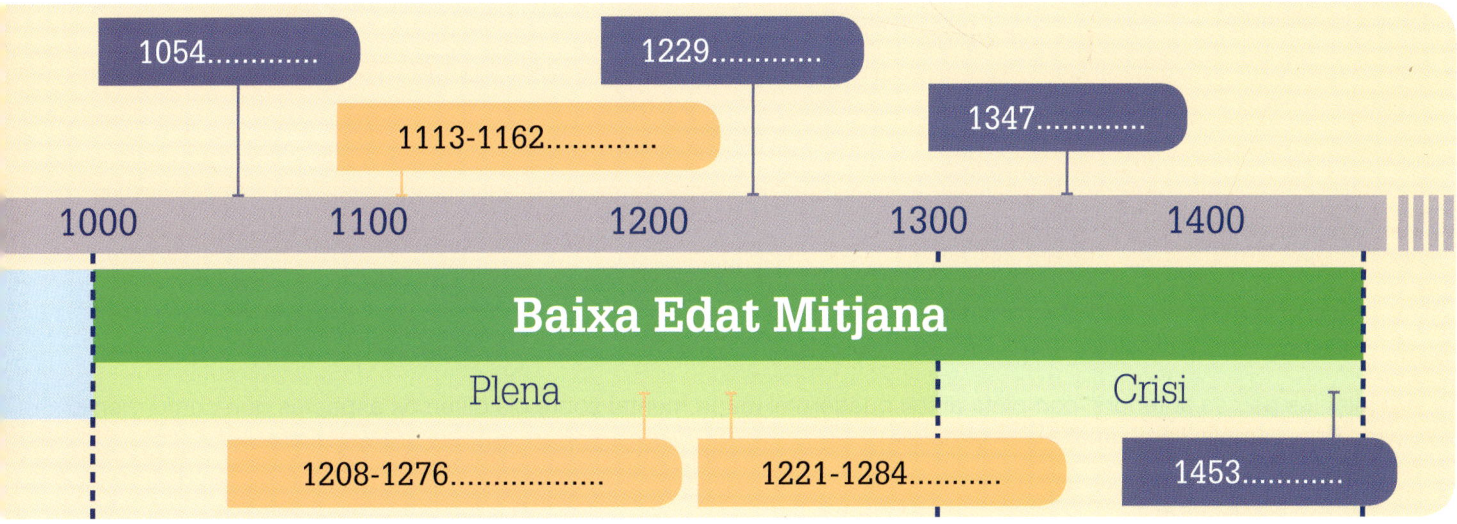

c

d

e

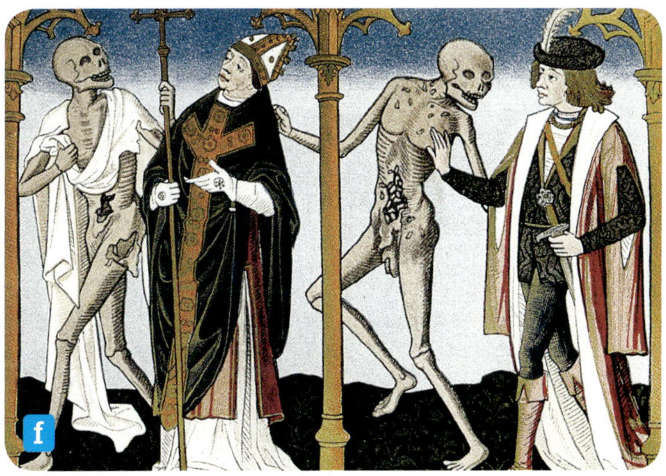
f

El feudalisme, essència de l'Edat Mitjana

L'ocupació de Roma per una tribu germànica, l'any 476 d.C., marca l'inici de l'Edat Mitjana a Europa. Aquest fet assenyala la fi definitiva d'una rica civilització urbana desenvolupada a la conca mediterrània.

Els pobles germànics van iniciar un nou tipus de relacions polítiques i econòmiques en una societat més ruralitzada, que van ser la base del feudalisme propi de l'Edat Mitjana.

El mapa mental

El mapa mental permet organitzar amb facilitat el pensament i representar-lo de manera intuïtiva i clara. Per elaborar un mapa mental cal seguir les pautes següents:

1. El concepte a treballar se situa al centre i representa la idea més important.
2. D'aquesta idea surten una sèrie de branques que representen els pensaments principals; d'aquests, al seu torn, surten altres branques que indiquen pensaments secundaris.

L'ús de colors, símbols, imatges, paraules... ajuda a destacar la relació entre les idees.

9. Seguint les pautes anteriors, completa al teu quadern el mapa mental sobre els diversos aspectes que conformen el feudalisme i amplia'l amb imatges i exemples.

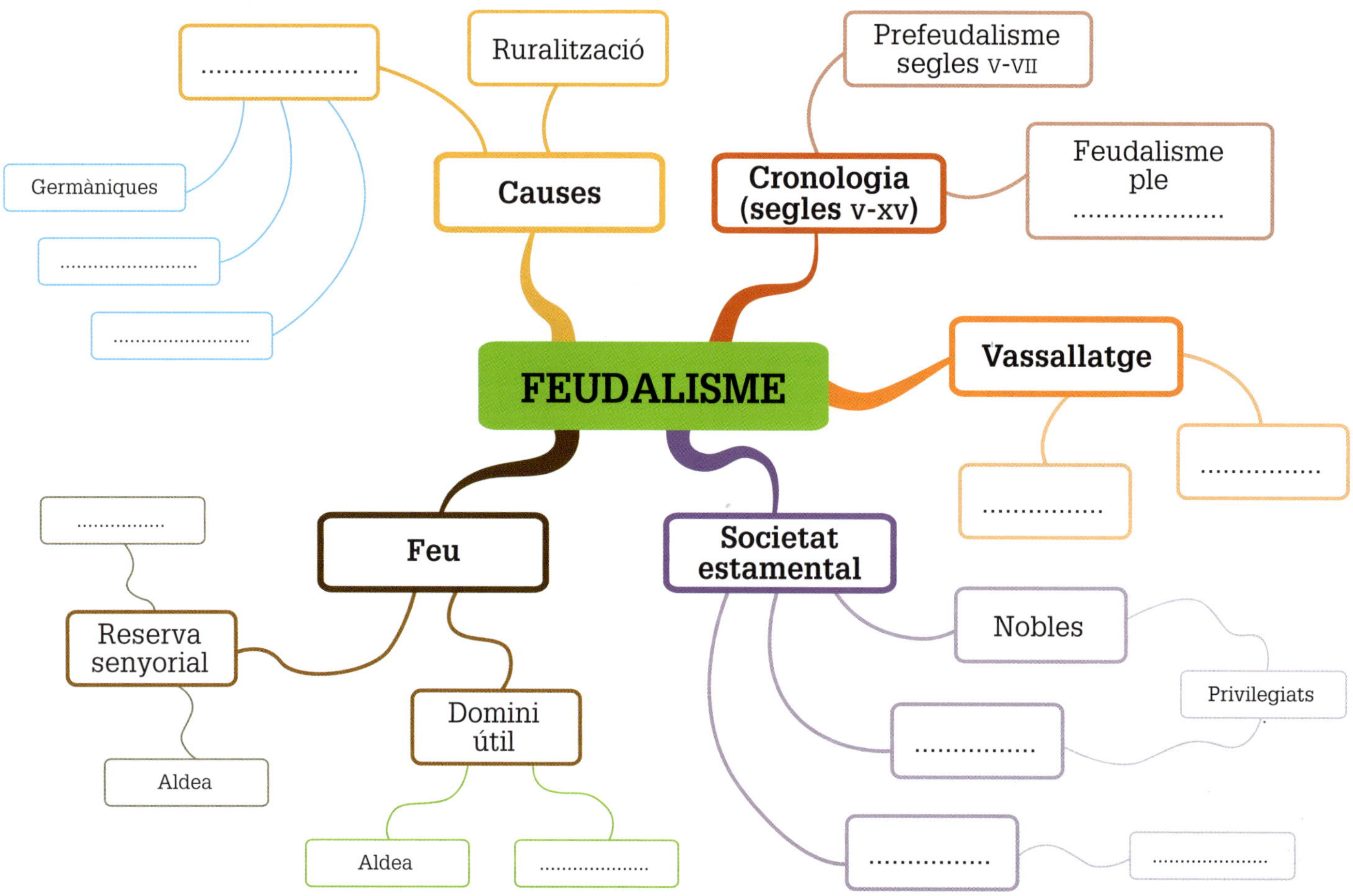

L'art durant l'Edat Mitjana

Al llarg de l'Edat Mitjana es van desenvolupar diversos estils artístics molt vinculats a les religions que professaven els pobladors d'Europa. L'art islàmic, el romànic i el gòtic ens han llegat manifestacions especialment notables en el terreny arquitectònic.

10. Observa atentament els dibuixos següents i completa al teu quadern una taula com la de sota.

a

b

c

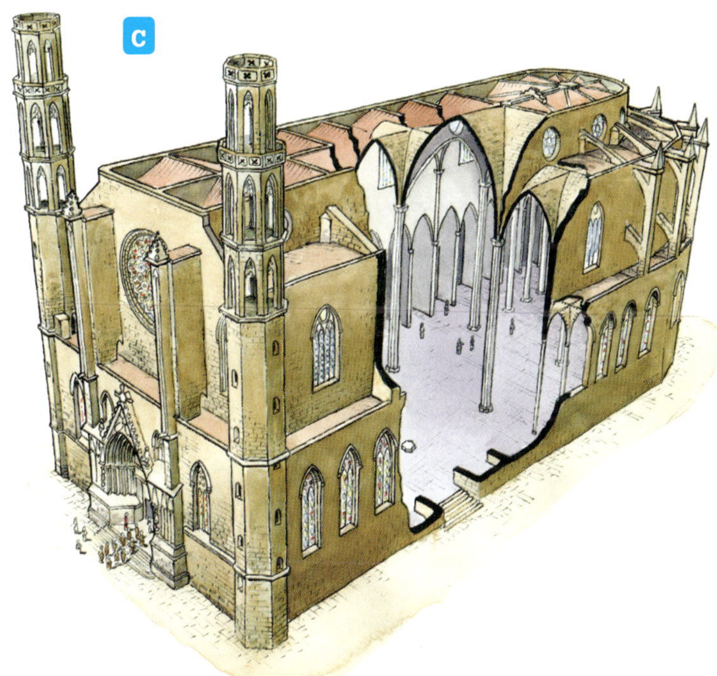

	Edifici A	Edifici B	Edifici C
Tipus d'edifici			
Funció			
Característiques			
Estil			

1 Humanisme i Renaixement

A mitjan segle xv es va iniciar l'Edat Moderna. Un dels signes que van marcar aquest canvi d'era va ser la formació d'Estats grans i poderosos governats per monarques que cada vegada acumulaven més poder.

També van canviar la cultura i les mentalitats. Es va començar a mirar cap a l'Antiguitat clàssica, font d'inspiració per als intel·lectuals de l'època. Va sorgir així una nova mentalitat que va permetre el desenvolupament de l'Humanisme i del Renaixement.

» CONTINGUTS

1. La formació de l'Estat modern
2. L'Humanisme: una nova visió de l'ésser humà
3. Les reformes religioses
4. El Renaixement: l'arquitectura i l'escultura
5. El Renaixement: la pintura

Visió 360º *De la impremta al llibre digital*

Aprèn a *Analitzar una pintura*

Rutina de pensament

VEIG, PENSO, EM PREGUNTO

Observa atentament la imatge i anota al teu quadern:

- Què hi veus?
- Quins pensaments et suggereix?
- Quines preguntes et planteja?
- Poseu en comú les vostres respostes a classe.

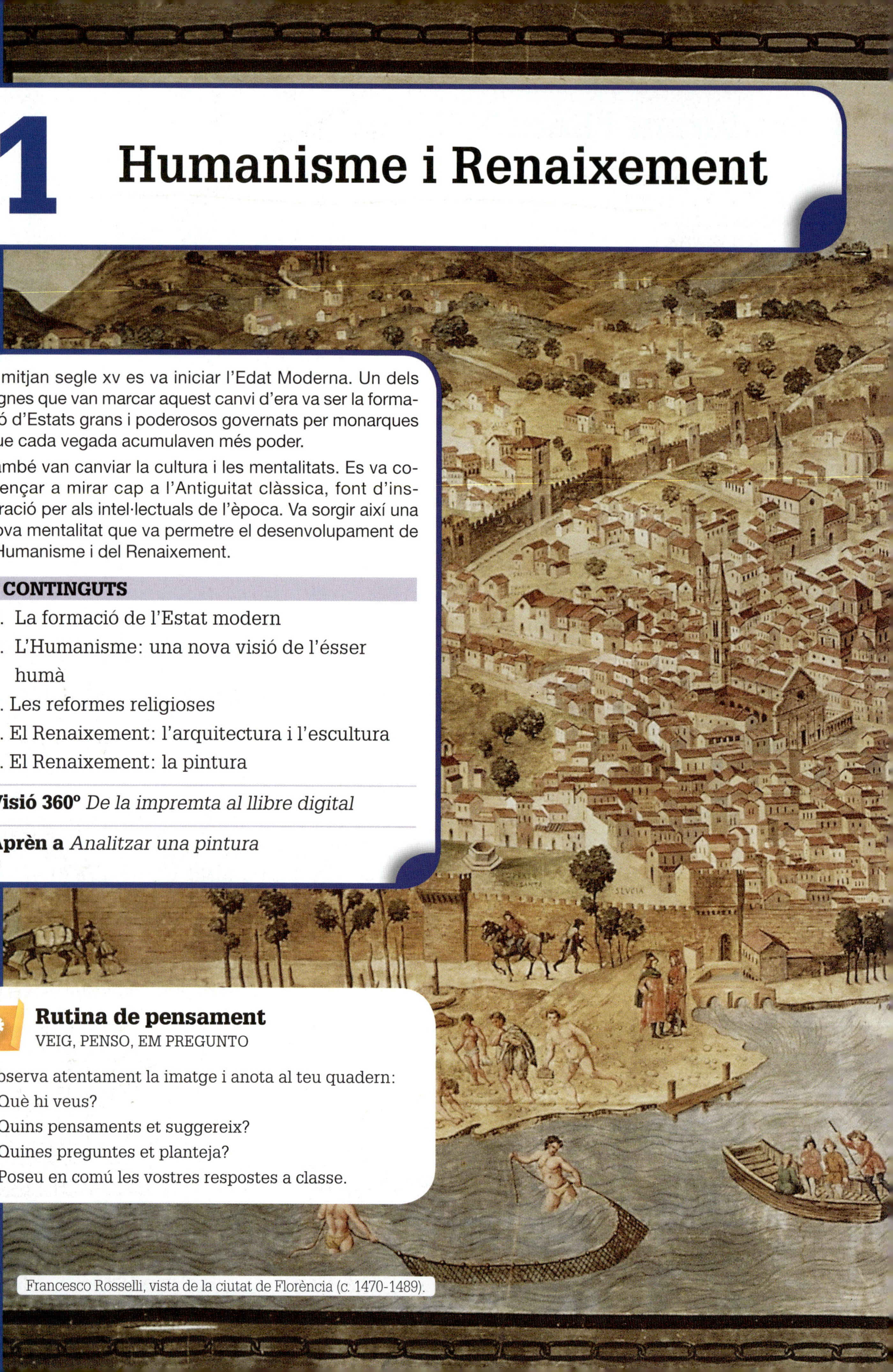

Francesco Rosselli, vista de la ciutat de Florència (c. 1470-1489).

Eix cronològic

- 1400
- 1420–1436: Brunelleschi: Catedral de Florència
- 1450: Invenció de la impremta
- 1453: Caiguda de Constantinoble
- 1492: Descobriment d'Amèrica
- 1500
- 1512: Miquel Àngel: Capella Sixtina
- 1517: Luter: *95 tesis*
- 1522: Elcano: Volta al món
- 1545–1563: Concili de Trento
- 1600

Quattrocento (1400–1500) | **Cinquecento** (1500–1600)

1. La formació de l'Estat modern

Durant l'Edat Mitjana, a Europa el poder estava en mans dels senyors feudals, i els reis tenien dificultats per imposar les seves decisions. A partir del segle XV, els monarques van reforçar la seva autoritat i van canviar la manera de governar.

1.1. La monarquia autoritària i l'Estat modern

En l'Europa dels segles XV i XVI es va produir un procés d'unificació territorial i de centralització del poder en mans dels reis. Així, es van formar les **monarquies autoritàries,** que van establir les bases de l'**Estat modern.**

La unificació territorial

Durant l'Edat Mitjana, a Europa hi havia nombrosos territoris que estaven en poder de la noblesa. Els monarques, per imposar la seva autoritat, van unificar aquests territoris sota la seva corona, unes vegades per mitjà de guerres, unes altres a través de matrimonis concertats. D'aquesta manera, es van formar Estats nous, més grans, dominats per monarquies autoritàries, com pots veure en el mapa de la pàgina següent.

Un exemple va ser la **monarquia hispànica,** l'hegemonia de la qual es va iniciar arran del matrimoni d'Isabel I de Castella i Ferran II d'Aragó, els Reis Catòlics, en 1469. Isabel fou reina de Castella des de 1474, i Ferran succeí en la Corona d'Aragó el seu pare, Joan II, l'any 1479. Isabel i Ferran van unificar territorialment els regnes hispans i van crear noves institucions per reforçar el seu poder, la qual cosa va donar lloc a un Estat modern.

Els seus hereus, Carles I i Felip II, van convertir la monarquia hispànica en l'Estat més poderós de l'Europa del segle XVI, imposant-se com a potència territorial, política i econòmica.

La centralització del poder

El monarca autoritari concentrava tots els poders, però necessitava consolidar la seva autoritat en un Estat cada vegada més extens. Per a això es va valer d'una sèrie d'instruments, entre els quals destaquen:

- **La burocràcia.** Cos de funcionaris encarregats d'administrar justícia, cobrar impostos, encunyar moneda, etc., en nom del rei.
- **L'exèrcit permanent.** Integrat per soldats professionals que estaven al servei del rei, i no dels nobles com passava a l'Edat Mitjana.
- **La diplomàcia.** Institució formada per ambaixadors que representaven els interessos de la monarquia a les corts estrangeres. No evitava les guerres, però facilitava aliances i tractats.

Un segle de canvis socioeconòmics

A la segona meitat del segle XV es va començar a superar la crisi econòmica i social causada per la fam, la pesta, l'elevada mortalitat, els conflictes socials i la inestabilitat política que havien assolat Europa al segle XIV. La recuperació es va reflectir en:

- **El lent creixement demogràfic.** Superades les epidèmies de pesta negra, la població europea va augmentar gràcies a les bones collites. No obstant això, la mortalitat encara era elevada.
- **L'auge del comerç.** Els focus comercials eren a la Mediterrània oriental, al centre d'Europa i, posteriorment, a la zona atlàntica.
- **La vitalitat de les ciutats.** Van recuperar la seva esplendor amb la reactivació de l'artesania i el comerç.

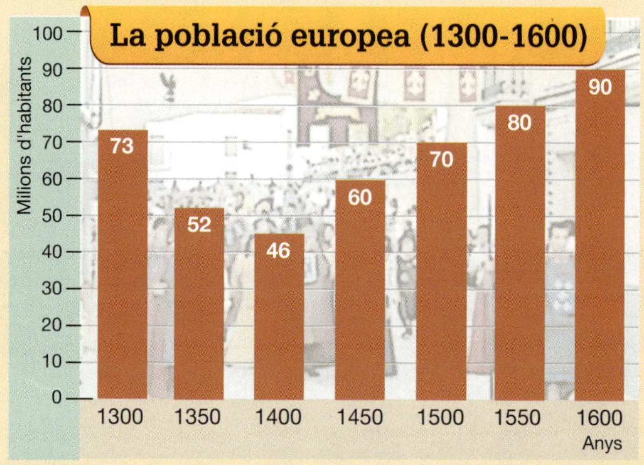

H. Holbein el Jove, *Els ambaixadors* (1533).

França

Després d'un dilatat conflicte amb Anglaterra, el rei de **França** va aglutinar tot el seu territori.

Sacre Imperi Germànic

Agrupava nombrosos Estats (inclosos principats eclesiàstics) que escollien l'emperador. La dinastia dels **Habsburg** regia diversos territoris de l'Europa central.

Imperi Otomà

S'estenia pels antics territoris de l'Imperi bizantí i es trobava en expansió.

República de Venècia

Tenia possessions a la Mediterrània oriental gràcies a la seva expansió comercial.

Portugal

Va unificar el seu territori entre els segles XIV i XV, i va començar la seva expansió comercial per l'Atlàntic.

Monarquia hispànica

Per mitjà del matrimoni dels Reis Catòlics, es van unir les Corones de **Castella** i d'Aragó. Per la seva expansió comercial, la **Corona d'Aragó** disposava de territoris a la Mediterrània.

Estats Pontificis

Es van disputar, juntament amb d'altres Estats, el domini de la península Itàlica. Els papes exercien de caps d'Estat.

Qualitats que ha de tenir un príncep, o governant, d'un Estat modern

No cal que un príncep posseeixi totes les virtuts esmentades, però és indispensable que aparenti que les posseeix. Està bé mostrar-se pietós, fidel, humà, recte i religiós, i així mateix ser-ho efectivament; però cal estar disposat a anar fins a l'altre extrem si fos necessari. I s'ha de tenir present que un príncep, sovint, per mantenir-se en el poder, es veu arrossegat a obrar contra la fe, la caritat, la humanitat i la religió. Cal, doncs, que tingui una intel·ligència capaç d'adaptar-se a totes les circumstàncies, i que no s'aparti del bé mentre pugui, però que no titubegi, en cas de necessitat, a entrar en el mal. Un príncep, doncs, ha de tractar de guanyar i conservar l'Estat, que els mitjans sempre seran honorables i lloats per tots; perquè la pleballa es deixa enganyar per les aparences i per l'èxit; i al món solament hi ha pleballa.

Adaptat de: N. Maquiavel, *El príncep*.

Activitats

1. Observa la gràfica de la població a Europa i respon:
   - En quin període es va produir el descens de població a Europa? A què va ser degut?
   - Quan es va invertir la tendència? Quins canvis socioeconòmics ho van propiciar?
2. Què és la monarquia autoritària? A quin tipus d'Estat va donar lloc? Quins van ser els seus instruments de poder?
3. Llegeix el text de Maquiavel i investiga qui era l'autor i a qui va adreçada l'obra.
   - Quines virtuts ha de tenir un príncep? Són imprescindibles? Per què?
   - Què ha de fer el príncep per conservar l'Estat? Segons l'autor, serveix qualsevol mitjà?
   - Debateu en classe si el fi justifica els mitjans.
4. Observa el mapa d'Europa. Quins territoris comprenia la monarquia hispànica? Com es va formar?
   - Per quins territoris s'estenien França, Portugal, Venècia i l'Imperi otomà?
   - Fixa't en la península Itàlica. Quins Estats ocupaven aquest territori?
   - Quin altre gran territori observes que està compost per nombrosos Estats?

2. L'Humanisme: una nova visió de l'ésser humà

Durant l'Edat Mitjana, la societat europea estava influïda per l'Església, i la cultura es reduïa a l'àmbit religiós. Al costat dels canvis polítics i econòmics sorgits als segles XV i XVI, van destacar la revitalització cultural i el desenvolupament d'un nou corrent de pensament: l'Humanisme.

2.1. Un nou pensament

L'Humanisme va ser un moviment de renovació intel·lectual sorgit a les regions més dinàmiques i pròsperes del continent europeu (nord d'Itàlia i Flandes). Va representar un canvi radical respecte a la mentalitat de l'Edat Mitjana. Es va caracteritzar per:

- **Revaloració de l'ésser humà.** L'individu va passar a ser considerat el centre de l'univers i la màxima expressió de la naturalesa, i així va recuperar la capacitat per actuar i crear. Aquesta concepció, anomenada **antropocentrisme,** superava el teocentrisme medieval segons el qual Déu era l'eix al voltant del qual giraven el món i la vida de l'ésser humà. D'aquesta manera van canviar el sentit de la vida i la visió de Déu, que va començar a ser considerat com un pare misericordiós i no com un jutge sever.
- **Recuperació de l'Antiguitat clàssica.** En aquesta època es van dur a terme excavacions per recuperar obres de l'Antiguitat i van proliferar els estudis sobre autors grecollatins. Aquesta visió del món clàssic va portar a valorar l'art i la cultura com un plaer i no solament com un element didàctic de la religió, com havia estat fins llavors.
- **Diferenciació entre la fe religiosa i el saber.** El coneixement es basava en el mètode científic (estudi, recerca, anàlisi) i no en creences dogmàtiques, com passava a l'Edat Mitjana.

2.2. Els humanistes

Tots els **ideals de l'Humanisme** es van reflectir en el pensament dels erudits (Giovanni Pico della Mirandola, Erasme de Rotterdam, Thomas More...). Així mateix, els humanistes van contribuir a assolir un extraordinari **desenvolupament científic i tècnic** (Nicolau Copèrnic, Leonardo da Vinci, Miquel Servet, Andreas Vesalio...).

L'ésser humà, centre del món

L'Arquitecte suprem va agafar l'home, i col·locant-ho al mig del món, li va parlar així: «Oh, Adam! T'he situat al mig del món perquè des d'allà puguis contemplar millor al teu voltant el que el món conté. No t'he fet ni celestial ni terrenal, ni mortal ni immortal, perquè, sobirà de tu mateix, acabis la teva pròpia forma lliurement. Podràs degenerar en formes inferiors, que són animals; per contra, podràs regenerar-te en formes superiors, que són divines. Tu seràs l'únic capaç de determinar el que ets».

Adaptat de: G. Pico della Mirandola, *De la dignitat de l'home*. 1485.

La importància de la impremta

A mitjan segle XV, l'orfebre alemany **Johannes Gutenberg** va inventar la impremta. El primer llibre imprès en el seu taller va ser la Bíblia. A diferència dels manuscrits, amb la impremta es podien editar nombroses còpies d'un mateix llibre. Això va afavorir la difusió de les idees dels humanistes.

Humanistes	Aportacions a la cultura i la ciència
Leonardo da Vinci (1452-1519) Pintor, inventor, botànic i escriptor italià. Arquetip de l'humanista.	– Va desenvolupar projectes com el de l'helicòpter, el submarí i l'automòbil, que no es van arribar a construir però van contribuir a establir les bases de la ciència moderna. – Va investigar en matemàtiques, astronomia, botànica, anatomia humana, arquitectura. – Va aplicar noves tècniques pictòriques com la perspectiva i l'esfumat.
Erasme de Rotterdam (1466-1536) Pensador, teòleg i escriptor holandès.	– Autor de nombroses obres (*Elogi de la bogeria, Manual del cavaller cristià*...). – Va reflexionar sobre qüestions com l'educació i la religió.
Nicolau Copèrnic (1473-1543) Astrònom polonès.	– Va formular la teoria heliocèntrica: el Sol és al centre de l'univers i la Terra gira al seu voltant.
Miquel Servet (1511-1553) Metge i científic espanyol.	– Va demostrar l'existència de la circulació pulmonar de la sang.
Andreas Vesalio (1514-1564) Metge i anatomista belga.	– Va estudiar l'anatomia del cos humà a partir de la dissecció de cadàvers.

H. Holbein el Jove, *Erasme* (1523).

Àgora

Qui són els éssers humans «ideals»?

Els humanistes observaven, experimentaven i inventaven, en el seu afany per conèixer els mecanismes del funcionament de l'ésser humà i de la natura. Molts d'ells van destacar pels seus coneixements en camps diversos: botànica, matemàtiques, astronomia, enginyeria, filosofia..., i van esdevenir genis o models ideals de l'Humanisme. Un dels humanistes més coneguts és Leonardo da Vinci.

» **Anota les qualitats que creus que ha de tenir l'ésser humà ideal, ja sigui home o dona, avui dia.**

» **Pregunta als teus familiars, amics o veïns sobre les qualitats de l'ésser humà ideal.**

» **Exposeu les vostres opinions a classe. En què coincideixen i en què es diferencien les vostres opinions i les de les enquestes que heu fet?**

» **Compareu els homes i dones ideals d'avui dia amb els ideals humanistes. Indiqueu les semblances i diferències.**

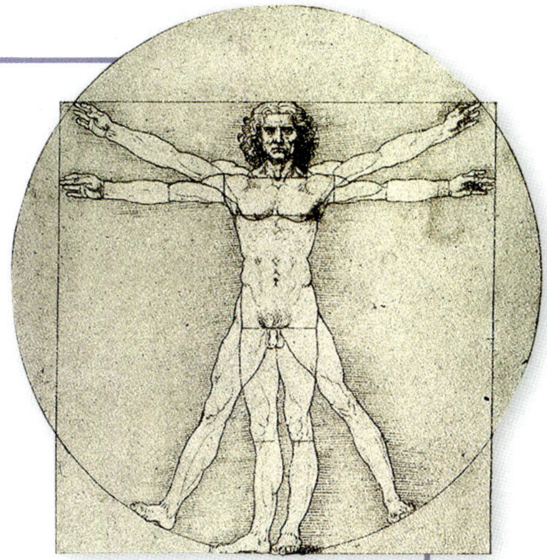

Leonardo da Vinci, *L'home de Vitruvi* (c. 1485).

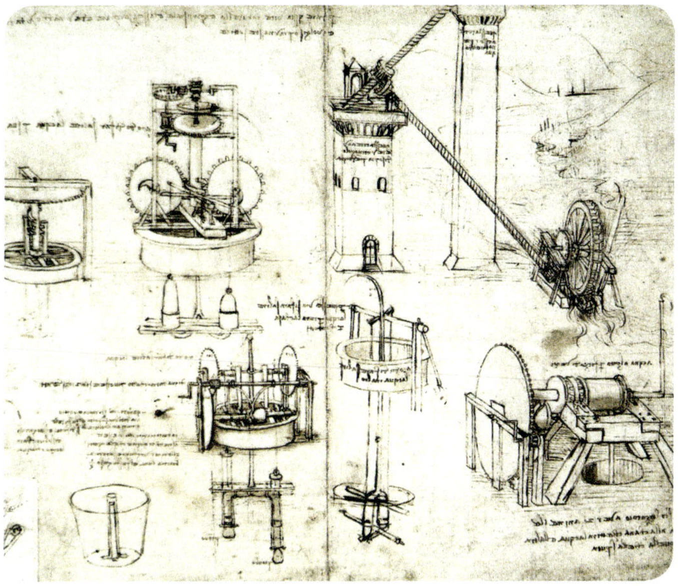

Leonardo da Vinci, *Aparells d'hidrotècnia, caragol d'Arquimedes i altres estudis* (1480).

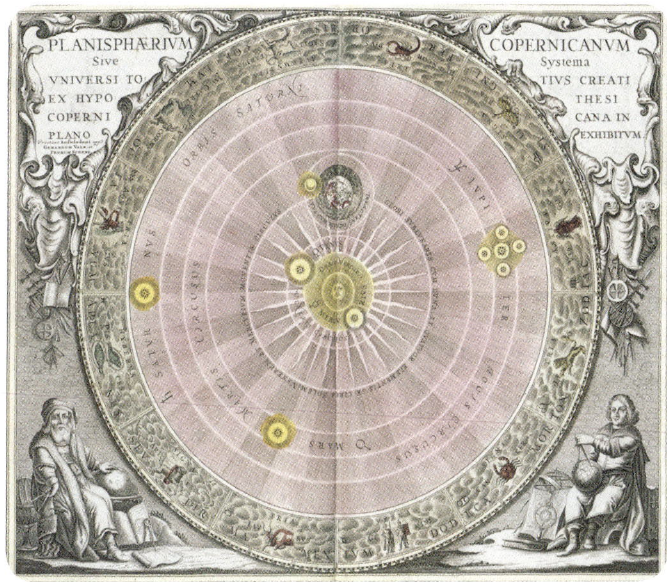

Planisferi de Copèrnic.

Activitats

5. Què va ser l'Humanisme? Quins van ser els seus ideals? Quin canvi va representar respecte al pensament medieval? Qui van ser els seus representants principals?

— Elabora un esquema de les característiques del pensament humanista.

6. Llegeix el text de Pico della Mirandola i respon:

— Qui és l'Arquitecte suprem? En quin lloc situa l'home? Per què?

— Per als humanistes, l'ésser humà tenia capacitat per actuar i crear. En quina afirmació del text es reflecteix aquest pensament?

— Explica si el text reflecteix un pensament antropocèntric o teocèntric. Justifica la teva resposta.

7. Quina importància va tenir la impremta en el pensament humanista?

8. Quina teoria va plantejar l'astrònom Copèrnic? Explica-la a partir de la imatge del planisferi.

— Compara aquesta teoria amb la geocèntrica, dominant fins a aquella època.

9. En grups, elaboreu un treball: «Els humanistes, les seves aportacions a la ciència i el pensament dels segles XV i XVI».

— Presenteu el treball en suport digital.

3. Les reformes religioses

L'Humanisme tenia una visió de Déu i de l'Església diferent de la dominant fins al segle XV; per això alguns humanistes cristians es van pronunciar en contra de certs costums eclesiàstics, la qual cosa va donar lloc a les reformes protestants.

3.1. La ruptura de la unitat de l'Església

Des de l'Edat Mitjana, l'**Església catòlica,** com a institució, havia vist com es degradaven alguns dels seus costums. L'ostentació i l'abús en la concessió d'**indulgències** i en la manera d'obtenir-les n'eren exemples. A més, molts sacerdots, com passava amb els fidels, no sabien llatí, llengua en la qual estava escrita la Bíblia. Per tant, recitaven textos que no entenien, la qual cosa no ajudava a atendre les inquietuds religioses dels feligresos.

D'altra banda, el poder del papa s'afeblia davant l'enfortiment dels monarques autoritaris, que, a més, tenien d'ambició d'augmentar els seus do-minis a costa de les possessions de l'Església.

Les reformes protestants

A partir del segle XV, alguns humanistes cristians van denunciar aquests costums, fet que va portar a enfrontaments amb el papa i a la constitució de noves **esglésies,** anomenades **protestants:** el luteranisme, el calvinisme i l'anglicanisme.

- **Luteranisme.** El monjo d'origen alemany Martí Luter va iniciar el moviment de la Reforma criticant l'Església, recolzat pels prínceps alemanys, contraris a l'autoritat del papa. El 1517 Luter va escriure les seves *95 tesis*, on qüestionava, entre altres temes, les indulgències papals.
- **Calvinisme.** Al segle XVI, Joan Calví va defensar les idees luteranes a França, per la qual cosa es va haver d'exiliar a Ginebra, on va radicalitzar la seva postura. El calvinisme es va difondre pels Països Baixos i Escòcia (puritans) i a França (hugonots).
- **Anglicanisme.** A Anglaterra, Enric VIII trencà amb l'Església catòlica el 1534 en no obtenir del papa la nul·litat matrimonial. L'Església anglicana va adoptar algunes idees luteranes.

La ruptura religiosa es va fer inevitable i va ser el motiu de nombroses guerres de religió a Europa. Dins el Sacre Imperi Germànic, els prínceps es van enfrontar a l'emperador per la seva confessió religiosa. Amb la **Pau d'Augsburg** (1555) es van definir els Estats alemanys catòlics i els protestants.

3.2. La Contrareforma

Davant la crisi provocada per les reformes protestants, l'Església catòlica va emprendre la **Contrareforma,** per promoure la seva renovació i defensar els dogmes de la fe. El **Concili de Trento** (1545-1563) va servir per reafirmar la doctrina catòlica i reforçar la disciplina del clergat i dels creients. La Contrareforma va suposar un reforç de la Inquisició, institució encarregada de defensar la doctrina catòlica. A més, el papa es va veure enfortit pel suport polític dels monarques catòlics, com l'emperador d'Alemanya.

Difusió de les esglésies protestants

Concili Reunió o assemblea de bisbes de l'Església catòlica per deliberar i decidir sobre matèries doctrinals i de disciplina.

Indulgències Pràctica de l'Església catòlica per la qual els fidels poden redimir les penes temporals dels pecats per mitjà de certes accions, com ara oracions, peregrinacions, donacions, etc.

Sagrament En el cristianisme, signes visibles de la presència de Jesucrist per mitjà dels quals els creients reben la força de Déu per seguir el camí cristià.

El Concili de Trento va renovar les institucions de l'Església.

	Protestantisme	Catolicisme
Organització	–Les Esglésies protestants no reconeixen l'autoritat del papa. En l'anglicanisme, el cap de l'Església és el monarca. –Neguen la jerarquia episcopal. –Un pastor, que pot casar-se, guia els fidels.	–El cap visible de l'Església és el papa. –Es reconeix l'autoritat del Concili i de la jerarquia eclesiàstica. –Un sacerdot cèlibe (que no es casa) dirigeix el culte dels fidels.
Doctrina	–La base de la fe és la Bíblia. –La salvació s'aconsegueix per la fe. –Pel calvinisme, Déu destina algunes persones a la salvació i d'altres a la condemnació (predestinació). Aquesta afirmació nega la llibertat humana.	–La base de la fe és la Bíblia i la tradició (ensenyaments de l'Església). –La salvació s'aconsegueix per la fe i per la realització de bones obres. –No s'accepta la idea de la predestinació de les persones.
Culte	–Lliure interpretació de la Bíblia. –Lectura de la Bíblia en la llengua pròpia, i els ser¬mons reemplacen la missa. –No veneren la Verge ni els sants. –Dos **sagraments:** Baptisme i Eucaristia. No obstant això, l'anglicanisme no elimina els altres cinc **sagraments** tradicionals.	–Interpretació autèntica de la Bíblia custodiada per la jerarquia de l'Església. –La cerimònia principal és la missa en llatí. –Veneren la Mare de Déu i els sants. –Set Sagraments: Baptisme, Eucaristia, Confirmació, Penitència, Matrimoni, Orde Sacerdotal i Extremunció o Unció dels malalts.

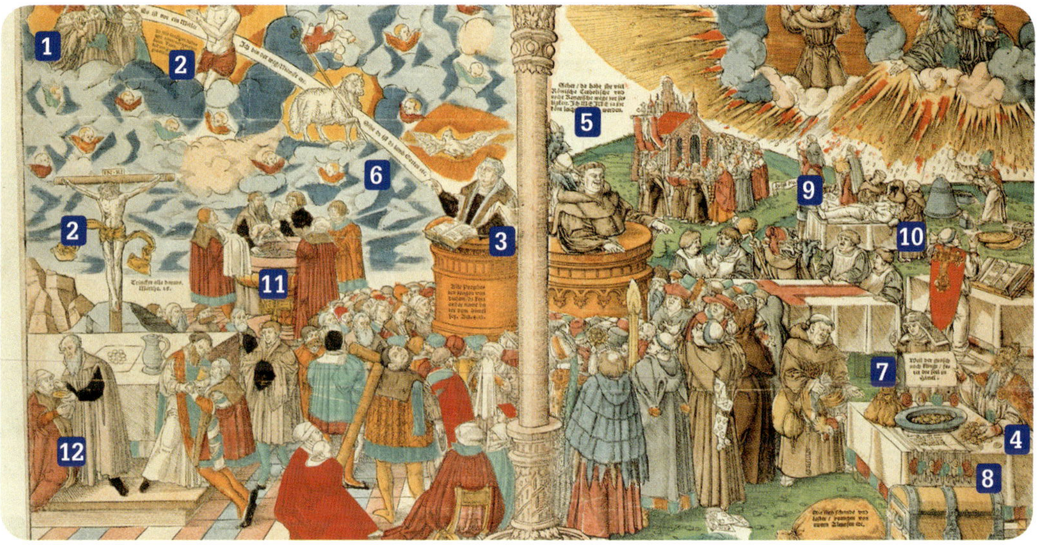

L. Cranach el Vell, *La veritable i la falsa Església* (1546).
1. Déu Pare. 2. Jesucrist. 3. Martí Luter. 4. El papa. 5. El diable. 6. Inscripció en alemany: «Crist és l'únic intermediari entre Déu i el creient». 7. Inscripció en alemany: «Mentre sovint encara ressona, l'ànima ascendeix al Cel». 8. Indulgències. 9. Peregrinació i processó. 10. Extremunció. 11. Baptisme. 12. Eucaristia.

Activitats

10. Elabora un esquema sobre les causes i les conseqüències de la reforma religiosa. L'esquema ha de contenir:
- Causes polítiques i religioses de la ruptura de l'Església.
- Les esglésies protestants, característiques i impulsors.
- Conseqüències per a l'Església catòlica.

11. Redacta, amb les teves paraules, un informe sobre les diferències entre el protestantisme i el catolicisme.

12. Observa el mapa de la pàgina anterior i explica per on es van difondre les noves esglésies protestants. Quines zones d'Europa es van mantenir catòliques?
- Quins van ser els nuclis de la Reforma protestant? I de la Contrareforma?

13. + Observa atentament la pintura de Lucas Cranach el Vell i respon les preguntes.
- Localitza el pastor del luteranisme i el cap visible de l'Església catòlica.
- Situa els sagraments que apareixen en la pintura. Quins són els que reconeixen els protestants?
- Què són les indulgències? En quina escena es representen?
- Com s'ha representat en la pintura la relació directa amb Déu que va proposar el luteranisme?
- Raona quina part de la pintura representa l'Església catòlica i quina es refereix a l'Església protestant.
- A quina Església pertanyia L. Cranach el Vell? Justifica-ho.

4. El Renaixement: l'arquitectura i l'escultura

A les riques ciutats del nord d'Itàlia, durant el segle XV, els ideals humanistes es van aplicar aviat en l'art, i llavors va sorgir el Renaixement. Malgrat això, en moltes zones va perviure l'estil gòtic fins al segle XVI.

Catedral de Santa Maria del Fiore (Florència). Segles XIII-XV.

4.1. Un nou estil artístic

El **Renaixement** va aparèixer en algunes pròsperes ciutats italianes, com ara Florència i Roma. Es va denominar d'aquesta manera perquè es tractava d'un art renovat, inspirat en l'Antiguitat clàssica: els artistes consideraven que l'art gòtic era propi d'una etapa fosca; en canvi, admiraven l'esplendor de l'Imperi romà.

En el Renaixement es distingeixen dues grans etapes: el Quattrocento (segle XV) i el Cinquecento (segle XVI), que comparteixen **característiques principals:** el redescobriment de les formes artístiques grecoromanes, l'exaltació de la bellesa i de la figura humana, la cerca de la perfecció tècnica en totes les obres i una temàtica àmplia.

http://links.edebe.com/7gne
Recorregut per la Florència dels Mèdici, dinastia de banquers que van governar la ciutat i que van ser grans mecenes del Renaixement.

4.2. Artistes i mecenes

Els artistes del Renaixement aprenien l'ofici i treballaven en tallers dirigits per un mestre, però alguns també eren intel·lectuals que es reunien a les **acadèmies.** A diferència de l'Edat Mitjana, van ser reconeguts socialment, signaven les seves obres i els millors eren considerats genis. Molts d'ells eren polifacètics, és a dir, dominaven diverses arts. Aquest va ser el cas de **Leonardo da Vinci,** al Quattrocento, i de **Miquel Àngel Buonarroti,** al Cinquecento.

Miquel Àngel Buonarroti, *La creació d'Adam* (1510).

Els artistes es van poder dedicar exclusivament a l'art gràcies al mecenatge artístic que va proliferar a Europa. Els **mecenes** eren prínceps, nobles i rics burgesos que, impregnats dels valors humanistes, pagaven i protegien el treball dels artistes. Els més destacats van ser la família Mèdici a Florència, durant el Quattrocento, i els papes a Roma, en el Cinquecento.

Arquitectes	
Filippo Brunelleschi (1377-1446)	Basíliques de Sant Llorenç i del Sant Esperit, cúpula de la catedral de Santa Maria del Fiore (Florència)
Leon Battista Alberti (1404-1472)	Església de Santa Maria Novella, palau Rucellai (Florència)
Donato Bramante (1444-1514)	Templet de San Pietro in Montorio (Roma)
Miquel Àngel Buonarroti (1475-1564)	Capella dels Mèdici (Florència), cúpula de Sant Pere del Vaticà

Escultors	
Lorenzo Ghiberti (1378-1455)	Portes del baptisteri de Florència
Donatello (1386-1466)	*David*, *Condottiero Gattamelata*
Andrea del Verrocchio (1386-1466)	*Condottiero Colleoni*, *David*
Miquel Àngel Buonarroti (1475-1564)	*Pietat del Vaticà*, *Moisès*, *David,* tomba de Llorenç de Mèdici

Pintors	
Fra Angelico (1387-1455)	Anunciacions
Sandro Botticelli (1445-1510)	*El naixement de Venus*, *La primavera*
Leonardo da Vinci (1452-1519)	*La Mare de Déu de les roques*, *La Gioconda*
Rafael Sanzio (1483-1520)	*La Mare de Déu de la cadernera*, *L'escola d'Atenes*
Miquel Àngel Buonarroti (1475-1564)	Frescos de la Capella Sixtina
Albrecht Dürer (1471-1528)	*Autoretrat*, *Adam i Eva*

4.3. L'arquitectura

L'arquitectura del Renaixement va recuperar les formes artístiques de l'Antiguitat clàssica. Per a això va utilitzar els elements constructius i decoratius utilitzats en la tradició grecoromana: l'**arc de mig punt,** la **cúpula,** les **columnes** amb els **ordres clàssics** (dòric, jònic, corinti), etc.

Van aconseguir la perfecció tècnica amb edificis que reflectien **proporcionalitat, horitzontalitat, harmonia** i **simplicitat.**

Les **construccions** principals van ser **civils** (palaus, hospitals i viles) i **religioses** (esglésies).

F. Brunelleschi, capella dels Pazzi (Florència). 1429-1446.

4.4. L'escultura

Les característiques més importats de l'escultura renaixentista van ser:

- La inspiració en les **formes grecoromanes;** per aquest motiu, la **figura humana** va ser el centre de la representació escultòrica.
- L'exaltació de l'**ideal de bellesa** i la preocupació per les **proporcions;** per això, sovint van recórrer al **nu** en les escultures.
- La cerca d'obres tècnicament perfectes, la qual cosa va portar els escultors a l'**estudi de l'anatomia** de l'ésser humà.
- La **temàtica variada,** que combina obres religioses, mitològiques, retrats...
- El desenvolupament de **gèneres diversos,** com ara estàtues exemptes, bustos, relleus...
- La utilització de **diferents materials,** com el bronze, la pedra, el marbre, etc.

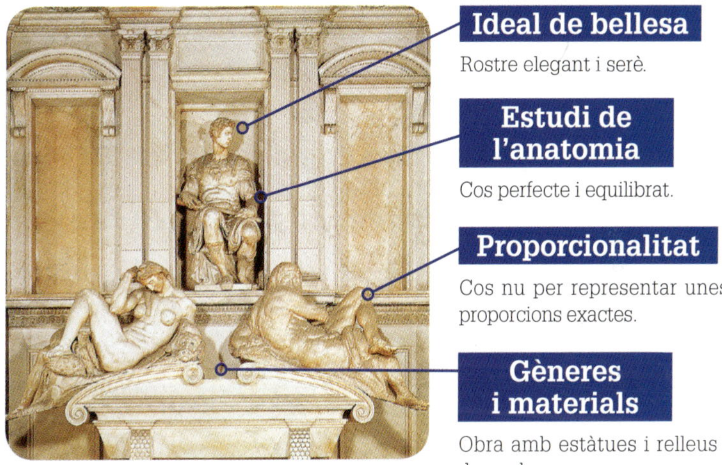

Miquel Àngel Buonarroti, sepulcre de Julià de Mèdici (Florència). 1524-1531.

Activitats

14. Elabora un esquema sobre el Renaixement. Inclou-hi la cronologia i les etapes, les característiques principals i els artistes més destacats.

15. Què diferenciava els artistes del Renaixement dels artistes medievals? Per què se'ls considerava genis? Què significa que eren polifacètics? Posa'n exemples.

16. Explica la importància dels mecenes en l'art del Renaixement. Esmenta alguns dels més destacats.

17. Després de l'estudi del Renaixement, reprèn la **rutina de pensament** *Veig, penso, em pregunto* de l'inici de la unitat. Torna a respondre les preguntes de la rutina i comparteix les anotacions inicials i les noves amb la resta de la classe. Explica als companys com i per què ha canviat el teu pensament.

+ **18.** Observa el sepulcre de Julià de Mèdici i esbrina a qui representen les tres figures. Justifica per què s'inspiren en la tradició clàssica.

19. Observa les imatges que tens a continuació: el palau Medici Riccardi (Florència) de Michelozzo i el *David* de Miquel Àngel Buonarroti. Quines característiques de l'arquitectura i l'escultura del Renaixement estan presents en aquestes obres?

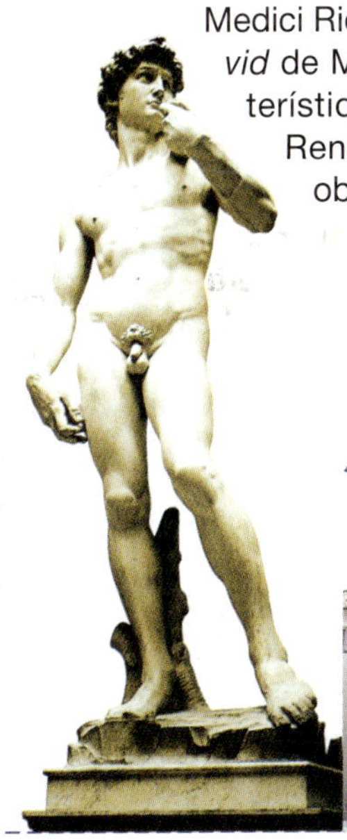

5. El Renaixement: la pintura

En contraposició a l'estil gòtic, en el qual predominava la temàtica religiosa, la pintura del Renaixement va recuperar l'Antiguitat clàssica i va reflectir l'antropocentrisme característic del pensament humanista.

5.1. La pintura

La pintura renaixentista va experimentar una gran transformació. Les principals innovacions van ser:

— L'**ésser humà,** màxima expressió de la **bellesa idealitzada,** va passar a ser el centre de totes les obres pictòriques.

— Cerca de la **perfecció tècnica.** Es van aplicar noves tècniques artístiques, com ara la **perspectiva,** l'**esfumat** i l'**escorç,** i es va posar una atenció especial en l'ús dels **colors** i la **llum.** Es van aconseguir així obres més realistes i de gran qualitat tècnica.

— **Composicions elaborades,** amb predomini de la disposició triangular i d'escenes múltiples.

— Generalització de la **tècnica de la pintura a l'oli.** Tot i això, no s'abandona la pintura al fresc, principalment per a la decoració d'estances palatines, amb escenes molt vistoses.

— **Nous temes pictòrics.** Predominen temes com la mitologia, la natura, els retrats i les escenes de la vida quotidiana.

La perspectiva

En pintura, la perspectiva es divideix en tres parts principals: la primera tracta de la disminució que sofreix la dimensió dels cossos a diferents distàncies, a mesura que s'allunyen de l'ull; la segona es refereix a l'atenuació dels colors en allunyar-se de l'ull; la tercera, a l'atenuació de les formes i contorns a diferents distàncies. I els seus noms són: perspectiva lineal, perspectiva del color i perspectiva de la disminució.

Adaptat de: L. da Vinci, *Quaderns.*

Oli Principal tècnica pictòrica utilitzada a partir del Renaixement. En aquesta tècnica el pigment es barreja amb oli i s'aplica sobre diferents suports (taula, llenç...).

http://links.edebe.com/mcfduv
http://links.edebe.com/43qr

Enllaços a dos dels principals museus de Florència: la Galeria dels Uffizi i la Galeria de l'Acadèmia.

Centralitat
El personatge principal ocupa la posició central.

Tradició clàssica
El cos de Venus imita la postura típica de les escultures clàssiques.

Llum
Sobre la figura central, per destacar-la.

Bellesa idealitzada
Cos nu, elegant i harmònic.

Perfecció tècnica
Excel·lència en l'execució del dibuix.

Colors
Els verds i blaus atenuats contrasten amb els colors càlids de les figures i del mantell.

Tema mitològic
Personatges de la mitologia clàssica:

1. Zèfir
2. Cloris
3. Venus
4. Flora

S. Botticelli, *El naixement de Venus* (1482-1484).

Perspectiva

Manera de representar els objectes en una superfície plana, de manera que donin sensació de profunditat, tot recreant tres dimensions on solament hi ha dues. El punt en l'horitzó en el qual semblen convergir totes les línies es diu **punt de fuga.**

Rafael Sanzio, *Les esposalles de la Mare de Déu* (1504).

Esfumat

Pintura de contorns difuminats (de l'italià *sfumato*). Consisteix a rebaixar els tons d'una composició per aconseguir una certa sensació de distància.

Leonardo da Vinci, *La Gioconda* o *Monna Lisa* (1506).

Escorç

Tècnica pictòrica que s'utilitza per representar figures situades en un pla perpendicular al llenç. Per a això es disminueixen les proporcions en perspectiva.

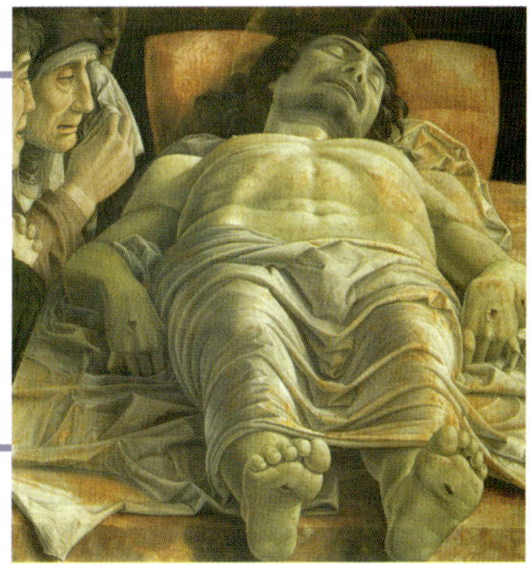

Andrea Mantegna, *Crist mort* (c. 1489).

20. Observa *Les esposalles de la Mare de Déu* i explica quines característiques de la pintura renaixentista es reflecteixen en aquesta obra.

— Quins aspectes de l'arquitectura renaixentista presenta l'edifici que hi apareix?

21. Què és la perspectiva? Llegeix el text de Leonardo da Vinci. Quins tipus de perspectiva esmenta?

— Elabora tres dibuixos. En cadascun d'ells, representa un dels tres tipus de perspectiva.

22. Fixa't en les tres pintures de la part superior d'aquesta pàgina. Com s'ha aplicat la perspectiva en cadascuna d'elles? Raona la resposta.

23. Observa la pintura de la dreta, *La Mare de Déu de les roques*, de L. da Vinci, i explica com és la seva composició i com s'ha aplicat la perspectiva.

+ 24. Elaboreu, en grups, un treball sobre un dels artistes del Renaixement. Busqueune la biografia, les obres principals i les innovacions tècniques.

— Escolliu una obra, analitzeu-la i exposeu les conclusions a classe.

25. Completa una taula al teu quadern sobre les característiques de l'art renaixentista.

Arquitectura	Escultura	Pintura
....	....	....

De la impremta al llibre digital

A mitjan segle xv, Gutenberg va donar a conèixer la **impremta,** que va permetre fer diverses còpies exactes d'un llibre en un període de temps molt curt, la qual cosa va contribuir que estiguessin a l'abast d'un nombre més gran de persones. Es va facilitar així la difusió d'idees i obres escrites. Com funcionava la impremta?

Actualment la **xarxa d'Internet** contribueix a la difusió de la cultura arreu del planeta, a través dels ordinadors, les tauletes, els mòbils... L'era digital ha revolucionat l'accés al coneixement tal com ho va fer la impremta al segle xv? Creus que el llibre digital substituirà el llibre de paper?

La impremta al segle xv

Internet al segle xxi

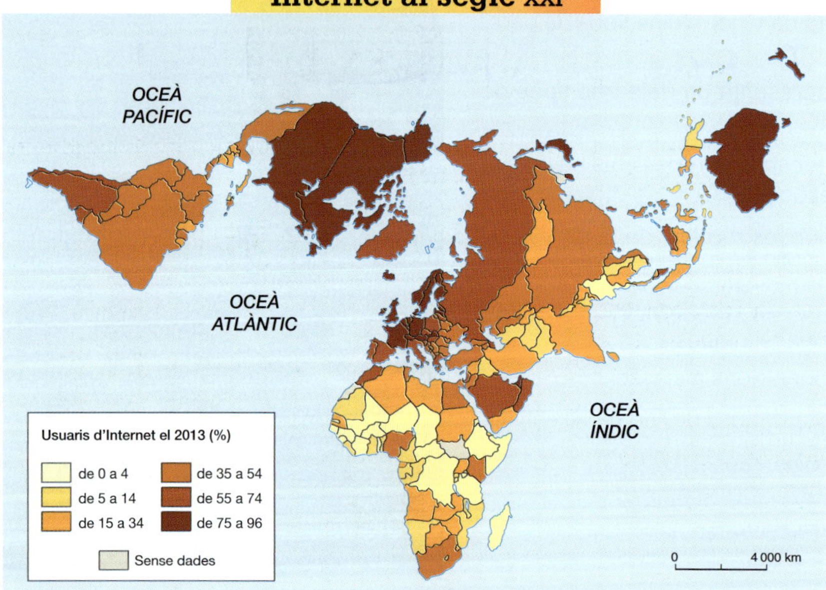

Producció de llibres

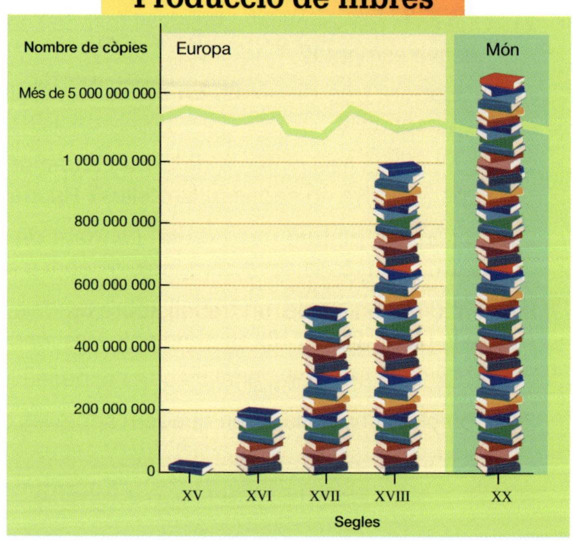

Quines diferències hi ha entre la difusió de la impremta al segle xv i la d'Internet al segle xxi?

Llibres digitals o al mòbil

La idea era aprofitar la connectivitat ja present en el món en desenvolupament per donar accés a més coneixement. «Va sorgir fa poc més de tres anys i mig i consisteix a donar accés a tot tipus de llibres a través d'un Kindle o fins i tot d'un mòbil, amb telèfons bàsics connectats a Internet amb la xarxa 2G, la penetració de la qual a Àfrica és d'un 70%, mentre que la 3G és molt escassa», explica Colin McElwee, un dels cofundadors d'aquest projecte, denominat Worldreader. «Parlem amb els governs, digitalitzem el currículum i fem programes amb escoles per mitjà de lectors electrònics. Ja estem en nou països d'Àfrica i tenim 550 000 usuaris dels nostres programes, que llegeixen els llibres a través del mòbil en molts llocs del món, 30 000 a l'Àfrica», assegura McElwee. Worldreader és una fundació espanyola amb seu a Barcelona. Han aconseguit suport del govern dels EUA, de la Unesco i de potents editorials. I han implantat dos tipus de programes en escoles d'Àfrica: el primer consisteix a donar un Kindle a cada nen i un altre al professor; el segon, a aportar 60 lectors, que són compartits per diverses classes.

Traduït i adaptat de: S. Pérez de Pablos, «El currículo y la caja registradora en el móvil». *El País*, 22-10-2013. http://links.edebe.com/bsc

Com funcionava la impremta?
http://links.edebe.com/zd8
http://links.edebe.com/wu3f

Les noves tecnologies estan a l'abast de tothom? Saps què és la «fractura digital»?
http://links.edebe.com/j887

A Internet tot són avantatges, o també hi ha inconvenients?
http://links.edebe.com/pay

Llibre electrònic o de paper?
http://links.edebe.com/4rd2

Cre@ctivitat: Elaborar una revista d'art

L'eina Calaméo ofereix la possibilitat de crear publicacions interactives, ja que converteix arxius Word i PowerPoint en documents que es poden llegir passant les pàgines com en un llibre virtual. Per a això, us heu de registrar a la web:

http://es.calameo.com

Una vegada registrats, feu clic a «Crear una publicació» i introduïu quines propietats voleu per a la revista. Seleccioneu el document que vulgueu convertir en revista i inicieu la càrrega. Una vegada finalitzats aquests passos, es crearà la vostra pròpia revista interactiva.

» En grups, busqueu informació sobre les característiques principals, els autors i les obres de l'art del Renaixement, i creeu una revista d'art en un document de Word, utilitzant l'opció «Inserir formes de Word».

Convertiu el document en una revista interactiva amb l'eina Calaméo.

Aprèn a Analitzar una pintura

Com has vist, la pintura renaixentista va tenir una destacada evolució tècnica respecte de la medieval.

La perspectiva, la composició de les escenes i el joc de colors, les llums i ombres eren aspectes molt importants en la cerca de l'harmonia, l'equilibri i la bellesa.

La temàtica era variada: pintura religiosa, però també històrica, mitològica, escenes quotidianes i retrats, amb l'ésser humà com a eix central de totes les composicions.

Per analitzar una pintura, com ara *La primavera* de Botticelli, seguim els passos següents:

Mètode	Aplicació
Descripció	
» Presentar l'**artista** i, si és possible, el destinatari. » Presentar l'**obra:** títol, data d'execució, suport, dimensions i lloc on es troba. » Descriure el **context** històric i de l'obra.	» **Sandro Botticelli** (c. 1445-1510) va ser un pintor nascut a Florència, on va passar gairebé tota la seva vida. Va estudiar al taller del pintor Filippo Lippi. Va treballar per a la família Mèdici a Florència i per al papa Sixt IV a Roma, que li va encarregar, juntament amb d'altres pintors, els frescos de la Capella Sixtina. Va pintar *La primavera* per a la vil·la de Castello, propietat de Llorenç i Joan de Pierfrancesco de Mèdici. » ***La primavera*** és una obra de 2,03 × 3,14 m pintada sobre taula cap el 1480. Avui dia es troba al museu dels Uffizi de Florència. » Es tracta d'una obra al·legòrica que representa un tema de la mitologia clàssica, en un context de difusió de les **idees de l'Humanisme** i de l'**estil renaixentista.**
Anàlisi	
» Determinar la **tècnica:** fresc, oli, gravat... » Reconèixer la **composició:** distribució dels elements, tipus de perspectiva... » Observar els **colors** i la **llum:** colors dominants, punts d'il·luminació, efectes... » Caracteritzar el **traç:** nitidesa, energia... » Indicar la **temàtica** i descriure els personatges, els objectes, la decoració...	 » Botticelli va emprar la tècnica del **tremp sobre taula,** molt utilitzada fins a aquella època. » En l'**escena** destaquen l'equilibri i la simetria, gràcies a la centralitat del personatge de Venus, que divideix la composició en dos, amb un grup de tres personatges a l'esquerra i un altre a la dreta. També hi ha triangularitat entre el personatge de la part superior, Cupido, i els dos grups esmentats. » Ressalta el volum dels personatges, de **colors** clars i amb vestits transparents. En ells s'hi concentra la llum, sobre el fons fosc del paisatge. » Predomina la **línia** sobre el color. Hi ha precisió en l'execució del dibuix. Botticelli perfila els personatges i el paisatge floral al fons amb gran detallisme. L'obra és un exemple de la representació de la bellesa ideal. Es mostra la figura humana amb nus i transparències. Els personatges, estilitzats, semblen surar en l'aire, amb els seus cossos i les túniques fluctuants i ondulades en un moviment en dansa. » La **temàtica** de l'obra és mitològica, ja que representa la metamorfosi de la nimfa Cloris en Flora, generadora de les flors i de la primavera, inspirada pels amors del vent Zèfir que alimenta el cec Cupido. Zèfir persegueix Cloris, l'atrapa i la converteix en Flora. Al centre, Venus converteix la passió en activitat contemplativa. Al costat dansen les tres Gràcies, en l'Antiguitat símbols de la bellesa i la llibertat. Mercuri, missatger dels déus, dissipa els núvols.
Conclusió	
» Identificar l'**estil artístic** de l'obra. » Valorar-ne el **significat** (filosòfic, religiós...). » Destacar l'**interès històric** i **artístic** de l'obra.	» Botticelli és un dels grans pintors del **Renaixement** italià del Quattrocento. » *La primavera* **representa** l'ideal de l'Humanisme i el Renaixement, ja que reflecteix la influència de l'Antiguitat clàssica i enalteix la figura humana, la bellesa ideal, l'harmonia i l'equilibri. » Aquesta obra té **interès històric i artístic,** ja que és una de les primeres pintures renaixentistes que aborda en exclusiva un tema mitològic. A més, la realització d'aquesta pintura posa de manifest la importància del paper dels mecenes, en aquest cas la família florentina dels Mèdici.

S. Botticelli, *La primavera* (1477-1478). Tremp sobre taula. 203 cm × 314 cm. Florència, museu Uffizi. En l'obra es mostren els següents personatges de la mitologia clàssica: 1. Mercuri, 2. Les tres Gràcies, 3. Cupido, 4. Venus, 5. Flora, 6. Cloris, 7. Zèfir.

Activitats

1 @ Analitza la pintura d'A. Mantegna *Mort de la Mare de Déu* (o *Trànsit de la Mare de Déu*). Pots consultar la pàgina web següent:

http://links.edebe.com/f5zp4n

Per fer l'anàlisi, has de tenir en compte:

— Els personatges que apareixen en l'obra.
— La perspectiva (punt de fuga) i la profunditat a través del joc de línies i la finestra oberta.
— El joc de llums i ombres.
— Els colors utilitzats.
— La composició, la verticalitat i l'horitzontalitat.

2 Utilitza els teus coneixements sobre el Renaixement i aplica la **rutina de pensament** *cercle de punts de vista*, que pots consultar a la pàgina 172, a la pintura *La primavera*, de S. Botticelli.

A. Mantegna, *Mort de la Mare de Déu* (c. 1462). Tècnica mixta sobre taula. 54 cm × 42 cm. Madrid, Museu del Prado.

- Per resumir la unitat, completa al teu quadern l'esquema següent. T'ajudarà a estudiar.

EDAT MODERNA (segles XV-XVI)

es va configurar l'Estat → **Modern**

governat per → Monarquia autoritària

Els seus instruments de poder van ser:
- Burocràcia
- ....
- ....

es va desenvolupar el corrent de pensament de → **l'Humanisme**

Característiques:
- ....
- ....
- ....

Van influir en la visió de → **Religió** / **Art**

donant lloc a

Religió → **Reformes religioses**

Protestants:
- Luteranisme
- ....
- ....

Catòlica: Contrareforma

Art → **Renaixement**

Etapes:
- Quattrocento
- ....

Característiques:
- ....
- ....
- ....

Dades clau

- En l'**Edat Moderna,** a partir d'esdeveniments del segle XV, es van constituir a Europa els **Estats moderns,** governats per monarquies autoritàries.
- L'**Humanisme** va ser un nou corrent de pensament que es va propagar per Europa entre els segles XV i XVI, i que es va caracteritzar per la consideració de l'ésser humà com el centre del món (antropocentrisme), el retorn a l'Antiguitat clàssica i la distinció entre fe religiosa i saber.
- La influència de l'Humanisme en la religió va donar lloc a la **Reforma protestant,** que va desembocar en l'aparició de tres noves esglésies: la luterana, la calvinista i l'anglicana, i en una renovació de l'Església catòlica, la **Contrareforma.**
- L'Humanisme també va influir en l'art, ja que va sorgir un nou estil, el **Renaixement,** basat en l'exaltació de la figura humana, la inspiració clàssica i la cerca de l'ideal de bellesa i de la perfecció tècnica.

Personatges

Martí Luter (1483-1546)

Teòleg i frare agustí alemany.
Va inspirar la Reforma protestant, per la qual cosa va ser expulsat de l'Església catòlica.

Leonardo da Vinci (1452-1519)

Nascut a Vinci (Itàlia), se'l considera el model de l'home del Renaixement, com a investigador, inventor, enginyer i pintor.

Miquel Àngel Buonarroti (1475-1564)

Arquitecte, escultor i pintor italià.
Se'l considera un mestre del Renaixement italià. Les seves obres es troben a Florència i Roma.

Activitats finals

1. Defineix els termes següents i utilitza'ls per escriure un text titulat «Europa a l'Edat Moderna».

Humanisme - monarquia autoritària - luteranisme
antropocentrisme - Renaixement - burocràcia
Contrareforma - diplomàcia - calvinisme
anglicanisme - mecenes - indulgències

2. Llegeix els textos a, b i c i resumeix-los en un titular per a cada un.

— Situa'ls en el seu context històric.

— Relaciona justificadament els textos amb els seus autors: Martí Luter, Joan Calví i el Concili de Trento.

3. Quines van ser les causes de la Reforma protestant? Quines esglésies es van constituir? Quines característiques principals tenia cadascuna?

— Quina va ser la resposta de l'Església catòlica?

4. Analitza el fresc *L'escola d'Atenes*, de Rafael Sanzio.

@

— Presenta l'obra.

— Indica'n la tècnica; comenta'n la composició, la perspectiva, els colors, la llum i el traç, i descriu-ne el contingut.

— A quin estil pertany? Per què? Valora l'interès històric i artístic de l'obra.

— Qui són els personatges que apareixen a l'obra? Podrien ser arquetips d'humanistes? Per què? Quins models va prendre Rafael per pintar alguns d'aquests personatges? Pots consultar:

http://links.edebe.com/ctqj
http://links.edebe.com/pebq

a

Si algú defensa que l'impiu se salva solament per la fe, de manera que tan sols amb la fe pot obtenir la gràcia i la salvació, ha de ser condemnat. Si algú diu que els sagraments de la Nova Llei no han estat inspirats tots pel nostre Senyor Jesucrist; o que n'hi ha més o menys de set, és a dir: el Baptisme, la Confirmació, l'Eucaristia, la Penitència, l'Extremunció, l'Orde Sacerdotal i el Matrimoni; o que un d'aquests set no és un sagrament, ha de ser condemnat.

Que ningú, guiant-se pel seu propi judici, tingui l'audàcia d'interpretar ell mateix les Sagrades Escriptures d'una manera diferent al sentit que els ha donat la Santa Mare Església.

Els bisbes han de ser de conducta irreprotxable i estan obligats a visitar cada any totes les esglésies de la seva diòcesi.

b

És solament la fe, sense cap ajuda de les obres, la que confereix la justícia, la llibertat, la felicitat. Si creus, et salvaràs, si no creus, no et salvaràs. T'has d'abandonar amb una fe sòlida i tenir completa confiança; llavors, a causa d'aquesta fe, tots els pecats et seran perdonats.

c

Ningú que vulgui ser tingut per home de bé i temorós de Déu s'atrevirà a negar simplement la predestinació, per la qual Déu ha adoptat els uns per a la salvació i ha destinat els altres a la mort eterna.

Rafael Sanzio, *L'escola d'Atenes* (1509-1511). En aquesta obra es mostren les divinitats Apol·lo (1) i Atenea (2), i alguns dels grans pensadors grecs, com Plató (3), Aristòtil (4), Alexandre el Gran (5), Sòcrates (6), Averrois (7), Hipàtia (8), Pitàgores (9), Parmènides (10), Heràclit (11) i Diògenes (12).

Posa a prova les teves competències

Analitzar un text sobre l'Estat modern

Thomas More va ser un humanista del segle XVI que rebutjava la violència i anhelava la pau i la concòrdia entre els éssers humans.

1. Llegeix el text de Thomas More i respon les preguntes.

- Situa el text en el seu context històric. Quin tipus de govern hi havia als països d'Europa? A qui es refereix quan parla del governant?
- Com creia l'autor que havia d'administrar el seu regne un bon governant? Creus que això era així en les monarquies autoritàries?
- *Utopia* és el nom que T. More dóna a l'illa on situa la seva república ideal. Quin significat té actualment aquesta paraula? Creus que és utòpica la idea que té l'autor sobre el bon govern? Raona la teva resposta.

> Pensa, finalment, que tracto de demostrar-los que tots els preparatius de guerra en què tantes nacions s'obstinen no fan sinó empobrir els pobles, que esgoten els seus recursos per, després d'algun triomf efímer, acabar en fracàs total. El que és prudent és conservar el regne dels avantpassats, enriquir-lo tant com sigui possible i fer-lo més i més pròsper. Que el governant estimi el seu poble i que aquest l'estimi, que convisqui amb les gents en pau, governant-les amb dolçor. Que el que és just és desinteressar-se dels altres regnes. Que el que li va caure en sort li basta i li sobra per a un bon govern.
>
> Adaptat de: T. More, *Utopia*. 1516.

Interpretar el panorama religiós d'Europa

2. Llegeix el text a i explica qui n'era l'autor.

- Segons Erasme, per què s'havia de traduir la Bíblia? En quin idioma estava escrita fins llavors?
- Què criticava implícitament Erasme?

a

> M'oposo totalment al dictamen d'aquells que no volen que es tradueixi la Bíblia a la llengua comuna per ser llegida per les gents del poble, com si l'ensenyament de Crist solament el pogués comprendre un grapat de teòlegs, o com si la religió cristiana es fundés en la ignorància. Jo voldria que les dones humils llegissin els Evangelis i les Epístoles de Pau. Que pugui aquest llibre ser traduït a totes les llengües, de manera que els escocesos, els irlandesos, i també els turcs i els sarraïns, estiguin en condicions de llegir-lo i conèixer-lo.
>
> Adaptat de: E. de Rotterdam, *Prefacis al Nou Testament*. 1517.

3. Llegeix el text b i explica qui n'era l'autor.

- Què són les indulgències? Quina crítica en fa Luter? Què creu que el cristià ha de fer per eximir els seus pecats?
- En quin context històric es van escriure els dos textos? Quines altres crítiques es van fer de l'Església catòlica en aquella època?

b

> 33. Hem de cuidar-nos molt d'aquells que afirmen que les indulgències del papa són l'inestimable do diví pel qual l'home és reconciliat amb Déu.
>
> 43. Cal instruir els cristians (perquè sàpiguen) que aquell que socorre el pobre o ajuda l'indigent realitza una obra més gran que si comprés indulgències.
>
> Adaptat de: M. Luter, *95 tesis*. 1516.

4. Completa al teu quadern un mapa com el de la dreta. Assenyala l'extensió de l'Església catòlica i la de les noves esglésies sorgides de la Reforma.

5. Classifica les característiques del catolicisme i del protestantisme.

- La base de la fe és la Bíblia.
- Dos sagraments: Baptisme i Eucaristia.
- El cap visible de l'Església és el papa.
- Set sagraments.
- La salvació s'aconsegueix per la fe i per les obres.
- No reconeix l'autoritat papal.

Catolicisme	Protestantisme
....	....

Analitzar obres artístiques del Renaixement

6. Observa l'escultura i la pintura renaixentistes de la dreta i identifica-hi els elements artístics següents.

> idealització de la bellesa - horitzontalitat - harmonia
> estudi de l'anatomia - perspectiva - proporcionalitat
> composició triangular - arcs de mig punt
> detallisme - actitud humana dels personatges
> composició grupal - elements arquitectònics clàssics
> alternança de colors freds i càlids

— Redacta una anàlisi de cadascuna de les obres en la qual apareguin els elements que has identificat.

7. Fixa't en la imatge del panteó d'Agripa i localitza-hi els elements arquitectònics característics de les construccions romanes antigues.

> cúpula - frontó - entaulament
> capitell - columna

— Compara la imatge amb la vil·la Rotonda, d'A. Palladio. Quins elements arquitectònics tenen en comú?

— Defineix *panteó* i *vil·la*. Quina funció tenia cadascun d'aquests edificis?

Miquel Àngel Buonarroti, *Pietat* (1498-1499).

Perugino, *Crist lliurant les claus a sant Pere* (1481-1482).

Panteó d'Agripa (Roma). 118.

A. Palladio, vil·la Rotonda (Vicenza, Itàlia). 1565-1569.

Diari d'aprenentatge

Reflexiona

—Què sabies sobre el corrent de pensament de l'Humanisme i l'estil artístic del Renaixement?

—Durant el treball en equip, què has aportat al grup?

—Si visitessis un museu, reconeixeries una pintura o una escultura de l'etapa renaixentista? I si coneguessis una persona que practiqués la fe protestant, sabries quina és la base doctrinal de la seva religió?

2 Els descobriments geogràfics

Com has vist a la unitat anterior, al segle XV es va iniciar un canvi de mentalitat en els europeus. Això, afegit a les millores tècniques i a la formació d'Estats forts, va conduir a l'ampliació del món conegut fins llavors pels habitants de la vella Europa.

Els navegants portuguesos i castellans van emprendre exploracions a la recerca de noves rutes cap a les Índies. Un d'ells, Cristòfor Colom, va descobrir Amèrica (el «Nou Món») l'any 1492. L'exploració dels nous territoris americans, així com la seva colonització i la submissió dels seus habitants, es pot considerar l'empresa més important realitzada pels portuguesos i els espanyols al llarg de la seva història.

» CONTINGUTS

1. Exploracions i descobriments
2. La conquesta d'Amèrica
3. Les cultures precolombines
4. La colonització d'Amèrica

Visió 360º *El Nou Món a la taula*

Aprèn a *Comparar fonts escrites*

Rutina de pensament

PENSO, M'INTERESSA, INVESTIGO

– Fixa't atentament en els dos mapes i respon:
  - Què sé sobre els descobriments geogràfics del segle XV?
  - Què és el que m'interessa més?
  - Què m'agradaria investigar?
– Poseu en comú les respostes a classe. Què heu après sobre els descobriments geogràfics del segle XV?
– Seleccioneu algunes de les recerques que heu proposat i discutiu com podríeu posar-les en pràctica.

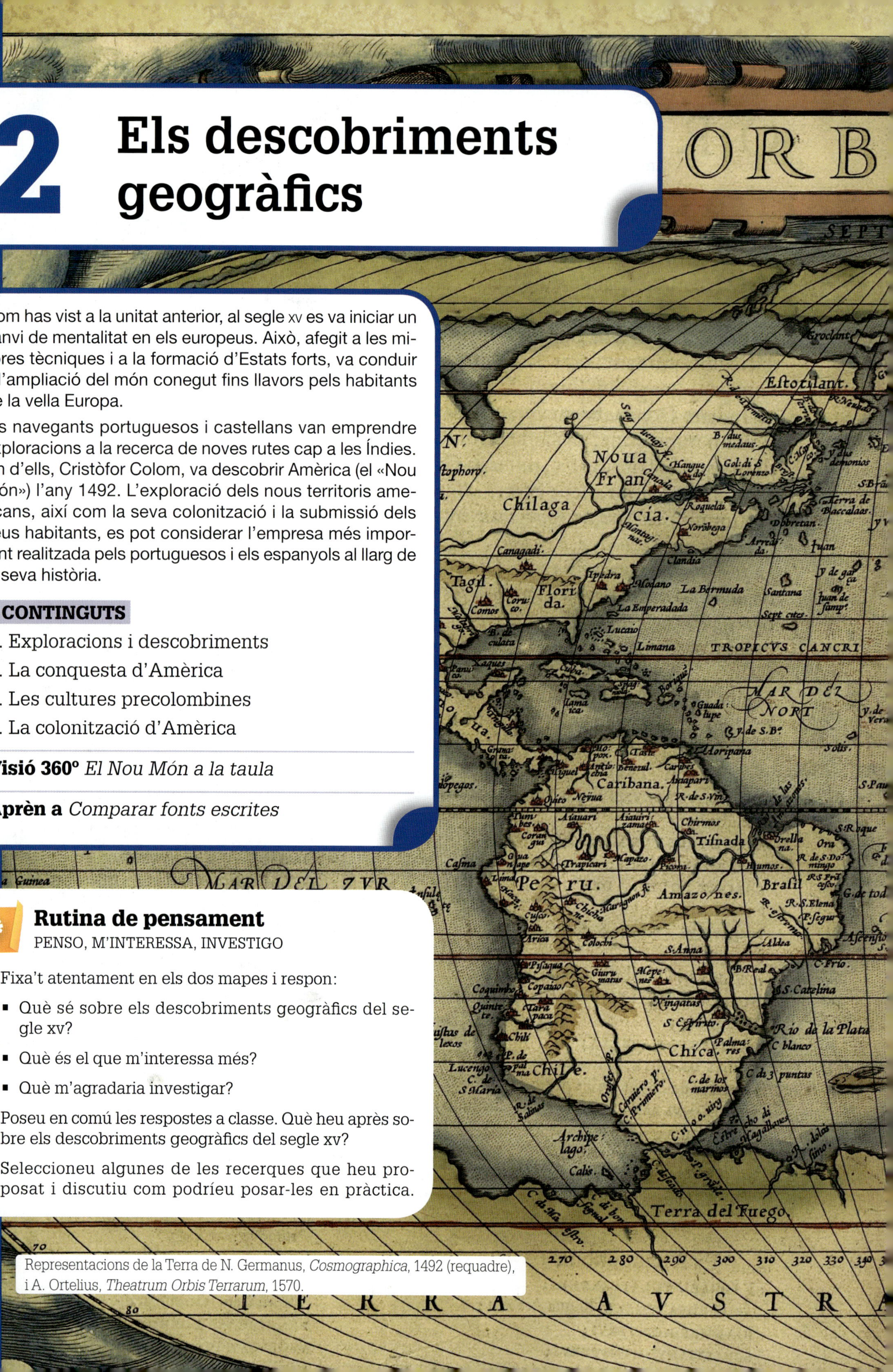

Representacions de la Terra de N. Germanus, *Cosmographica*, 1492 (requadre), i A. Ortelius, *Theatrum Orbis Terrarum*, 1570.

Eix cronològic

- 1450
- 1453 Caiguda de Constantinoble
- 1492 Descobriment d'Amèrica
- 1500
- 1522 Elcano: Volta al món
- 1550
- 1600

Expedicions geogràfiques (1450–1522)

Imperis colonials (1522–1600)

1. Exploracions i descobriments

Algunes monarquies d'Europa, fonamentalment Castella i Portugal, més poderoses al segle XV que durant l'Edat Mitjana, van promoure la cerca de noves rutes comercials a Àsia. A conseqüència d'això, gràcies a les exploracions i els descobriments, la visió del món que fins llavors tenien els europeus es va modificar radicalment.

1.1. Les causes de les exploracions

Les grans expedicions marítimes van estar motivades per:

- **La cerca de noves rutes comercials.** El comerç amb Àsia es realitzava des de la Mediterrània oriental. Quan els turcs van conquerir Constantinoble (1453) i van bloquejar aquesta via, es van buscar rutes alternatives per l'Atlàntic.
- **Les millores en la navegació.** Es va generalitzar l'ús de la brúixola i l'**astrolabi;** es van elaborar nous mapes i **portolans,** i es van construir naus més adequades, com les caravel·les.
- **La mentalitat humanista.** A l'Edat Moderna es confiava en les grans capacitats de l'ésser humà i es va mostrar un gran afany per explorar territoris desconeguts.

1.2. Dues grans rutes comercials

Portugal i Castella, que gaudien d'una posició estratègica davant la façana atlàntica, van promoure l'exploració de dues noves rutes comercials cap a les Índies, que era com en deien de l'Orient:

- **Portugal** va ser el primer regne que va obrir una nova ruta cap a l'Orient. Els seus navegants van vorejar la costa africana, on van establir factories, i van arribar a l'Índia (**Vasco de Gama** va arribar a Calcuta el 1498).
- **Castella** va donar suport al projecte del navegant **Cristòfor Colom** per arribar a les Índies. Colom afirmava que la Terra era rodona i que, per tant, era possible arribar fins allà navegant rumb a l'oest, per l'Atlàntic. El 12 d'octubre de 1492, durant el seu primer viatge, va descobrir **Amèrica,** un continent desconegut pels europeus.

1.3. Les conseqüències dels descobriments

Les exploracions i els descobriments van provocar una transformació en la visió del món:

- Es va demostrar l'**esfericitat de la Terra.** L'expedició de Magalhães i Elcano va completar la volta al món, per primera vegada, l'any 1522.
- Els europeus van iniciar una **tasca civilitzadora** en contactar amb les noves cultures, ja que creien que la cultura europea era superior a la dels indígenes.
- Es van crear **grans imperis colonials,** com ara les monarquies portuguesa i hispànica, que van rivalitzar per la possessió dels nous territoris. El Tractat de Tordesillas (1494) va fixar la divisió del món entre aquestes dues potències. A causa d'això, la monarquia hispànica es va convertir durant dos segles en la primera potència mundial.
- L'Atlàntic va reemplaçar la Mediterrània com a **centre del comerç internacional.** Van emergir ciutats com Sevilla, Lisboa i Anvers, que van centralitzar el flux comercial.

Les caravel·les

La caravel·la va ser el tipus de vaixell utilitzat per espanyols i portuguesos en els viatges d'exploració del segle XV i principis del XVI. Era una embarcació de vela molt lleugera, llarga i estreta, amb tres pals i una sola coberta (amb castell de popa). Tenia formes arrodonides, la qual cosa limitava la seva capacitat de càrrega, però la feia veloç i segura. Posteriorment, les caravel·les foren reemplaçades pels galions en els viatges oceànics.

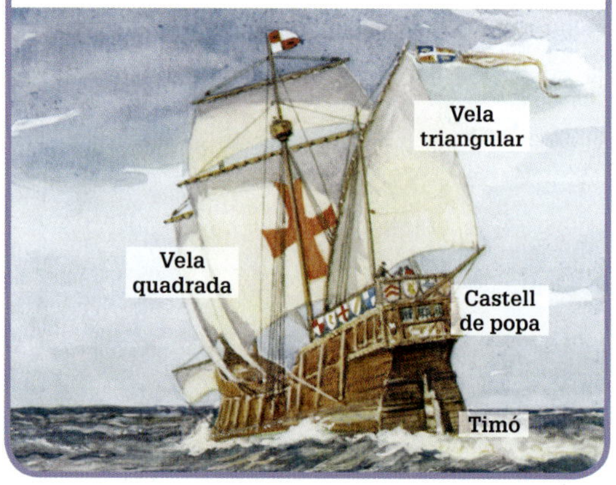

Els viatges de Colom

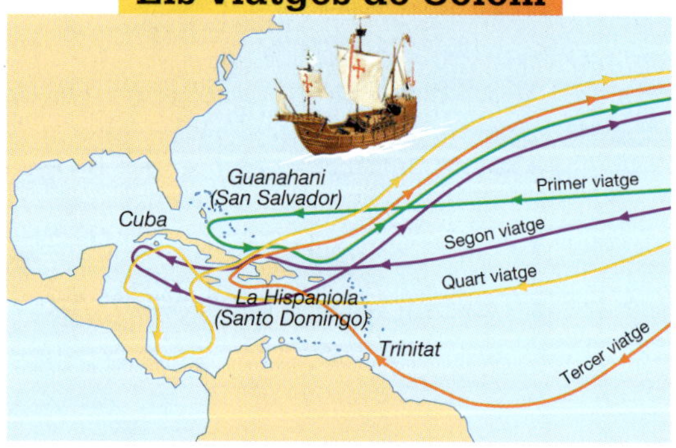

Astrolabi Instrument que permetia determinar la latitud a partir de la posició dels astres; entre els segles XVI i XVIII es va emprar com a principal instrument de navegació.

Portolà Carta de navegació utilitzada entre els segles XIII i XVI, basada en l'ús de la brúixola; detallava amb gran precisió les línies de costa, els ports i els esculls.

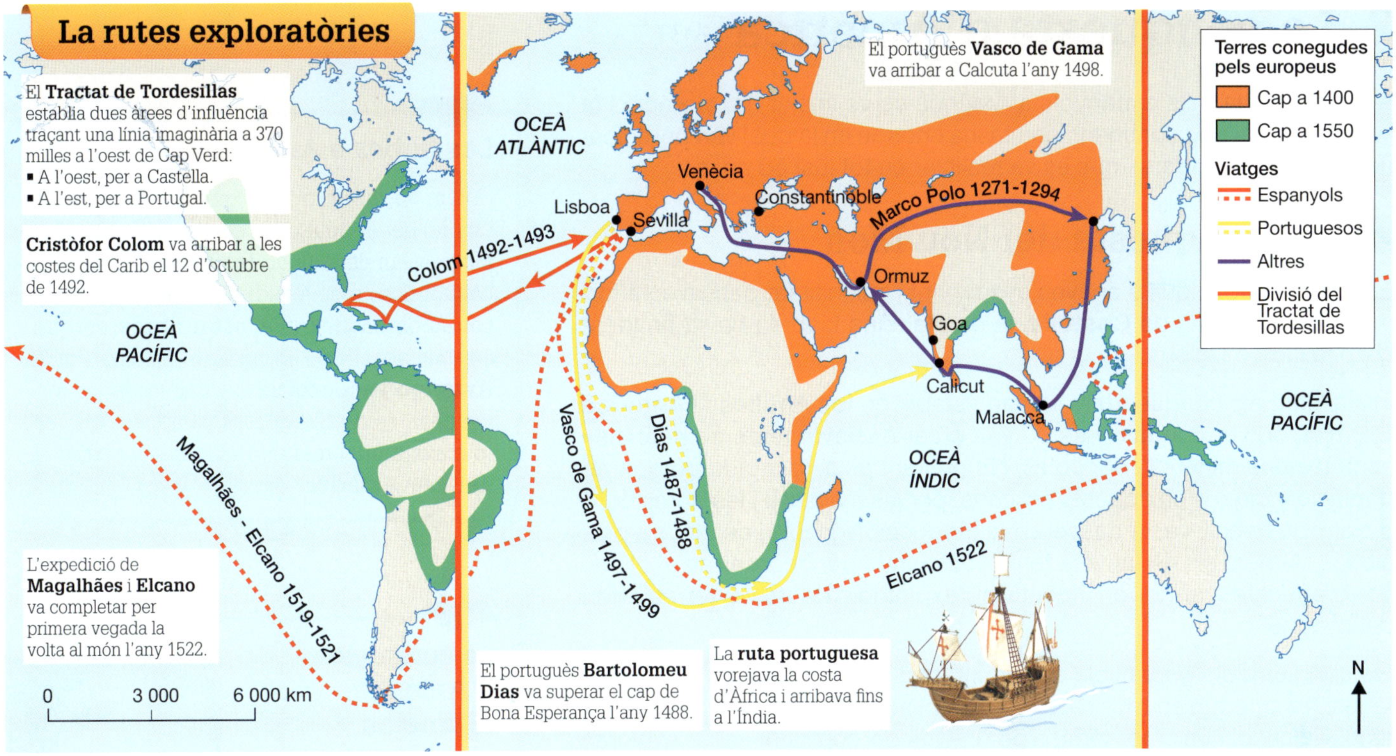

El diari de Colom

El primer que va veure terra va ser un mariner anomenat Rodrigo de Triana. Dues hores després de mitjanit, va aparèixer la terra, que devia estar a unes dues llegües. Van arriar totes les veles, esperant fins al matí següent, que van arribar a l'illa dels Lucayos, com es deia en la llengua dels indis guanahani. Després va venir gent nua, i l'almirall va saltar a terra en la barca armada, i amb ell Martín Alonso Pinzón i Vicente Yáñez. Va treure l'almirall la bandera reial. L'almirall va cridar els dos capitans i els altres que van saltar a terra, i Rodrigo Escobedo, escrivà i va dir que donessin fe i testimoniatge de com ell davant tots prenia, com així va fer, possessió d'aquella illa pel rei i la reina, els seus senyors. Després es va ajuntar allí molta gent de l'illa.

Traduït i adaptat de: *Diari del primer viatge de Colom*. 1492-1493.

J. Garnelo, *Homenatge a Colom* (1892).

Activitats

1. Elabora un esquema amb les causes i les conseqüències de les exploracions geogràfiques.

2. Observa els mapes de l'apartat i respon:

— Quines parts del món van descobrir els europeus entre final del segle XV i el segle XVI?

— Quin era l'objectiu dels exploradors portuguesos? Quina ruta van seguir? Quina ruta va seguir Colom? Quants viatges va fer Colom a Amèrica? Tenia el mateix objectiu que els portuguesos?

— Amb quina finalitat es va signar el Tractat de Tordesillas?

3. En grups, investigueu sobre els viatges d'exploració dels navegants portuguesos i redacteu-ne un resum.

4. Llegeix el text del diari de Colom i respon:

— Quin moment del viatge descriu? Quan va ocórrer? Quines persones hi van prendre part?

— Quin acte legal va efectuar Colom?

5. Consulta la pàgina web següent i redacta el diari d'un dia a bord com si fossis un mariner de Colom.

http://links.edebe.com/ip5ma4

2. La conquesta d'Amèrica

Amb l'arribada dels espanyols a Amèrica es va iniciar l'exploració i la conquesta del nou continent, una tasca enorme en la qual van participar destacats exploradors i que es va realitzar en tot just 50 anys.

2.1. La conquesta del Nou Món

Els nous territoris que s'anaven descobrint i colonitzant passaven a formar part del regne de **Castella,** ja que la reina Isabel I havia finançat l'expedició de Colom.

Inicialment els conqueridors es van establir en **les Antilles** i l'**Amèrica Central,** on van fundar ciutats i van crear enclavaments comercials i explotacions mineres i agrícoles. No obstant això, la ràpida pèrdua de població indígena en aquests territoris, per les malalties i les dures condicions de treball, va fer descendir la producció agrícola i de metalls preciosos. A més, els espanyols tenien dificultats per adaptar-se al clima. Totes aquestes raons van incentivar l'exploració de noves terres arreu del continent.

Els conqueridors espanyols es van interessar per les zones més habitades, les que tenien més recursos i un clima més benigne. Per aquest motiu va quedar un ampli territori de l'interior del continent sense explorar.

2.2. Mètodes i instruments de conquesta

Les expedicions de conquesta van ser realitzades per **particulars** que reclutaven un exèrcit propi i que tenien l'autorització de la Corona, la qual es reservava la sobirania sobre els territoris conquerits. Els conqueridors rebien una part de les terres i es repartien els beneficis.

Malgrat la seva clara inferioritat numèrica, els espanyols van aconseguir vèncer els pobles indígenes als quals es van enfrontar, ja que disposaven d'una **superioritat militar** notable.

Les **armes de foc,** l'ús del ferro i la protecció de les armadures conformaven una tecnologia molt sofisticada en comparació amb l'armament indígena, que consistia bàsicament en llances i fletxes.

D'altra banda, també va ser molt important el **cavall,** un animal desconegut a Amèrica i que causava molt temor als nadius.

La massacre dels asteques per les tropes d'Hernán Cortés.

Les Índies o Amèrica

Colom va morir creient que havia arribat a l'Índia, per la qual cosa els territoris del Nou Món es van denominar **les Índies** i dels seus habitants se'n deia **indis.** Les seves cultures són anomenades **precolombines** perquè existien abans de l'arribada de Colom. L'italià **Amerigo Vespucci** va explorar les noves terres després de Colom i es va adonar que es tractava d'un altre continent, que va rebre el seu nom: **Amèrica.**

La conquesta d'Amèrica al cinema

La conquesta i la colonització d'Amèrica han estat tractades en diverses pel·lícules, com per exemple *La missió,* de Roland Joffé (1986), *El Dorado,* de Carlos Saura (1988), o 1492: *La conquesta del paradís,* de Ridley Scott (1992).

La petició d'Hernán Cortés

Com que em convé buscar que aquestes terres es poblin, els espanyols i els indis es perpetuïn, i la nostra santa fe s'arreli, vaig fer certes ordenances i les vaig manar pregonar. D'algunes els espanyols no n'estan molt satisfets, especialment d'aquelles que els obliguen a arrelar-se a la terra, perquè tots tenen pensaments de, com es va fer amb les illes que abans es van poblar, espletar-les i destruir-les, i després deixar-les. I suplico a la vostra majestat que m'enviï l'ordre que haig de tenir, així en el compliment d'aquestes ordenances com en les que més vostra majestat fos servit que es compleixin.

Traduït i adaptat de: Carta d'Hernán Cortés al rei Carles I. Tenochtitlan, 15 d'octubre de 1524.

Exploració i rutes de conquesta

Els espanyols van conquerir part de l'Amèrica del Nord, tota l'Amèrica Central i l'Amèrica del Sud excepte el Brasil, ocupat pels portuguesos.

Al nord, Ponce de León, Cabeza de Vaca i Vázquez de Coronado van explorar **Florida, Texas** i **Califòrnia,** respectivament. A l'Amèrica Central, Cortés, Núñez de Balboa, Alvarado i Olid van conquerir **Mèxic, Panamà, Guatemala** i **Hondures.** Al Sud, Pizarro, Almagro, Valdivia i Mendoza van conquerir el **Perú, Xile** i l'**Argentina,** i Orellana va descendir pel riu **Amazones.**

Els conqueridors es van endinsar en el territori a la recerca de metalls preciosos, sobretot or i plata, citats en llegendes com la d'**El Dorado.**

La conquesta de Mèxic

Hernán Cortés, un gentilhome extremeny, va organitzar el 1519 una expedició a Mèxic, on va fundar la ciutat de **Veracruz.** Quan es va internar en el territori es va trobar amb els **asteques,** que al seu torn tenien sotmesos altres pobles. Aquests es van aliar amb Cortés, que amb la seva ajuda va poder conquerir la capital dels asteques, **Tenochtitlan,** i capturar el seu emperador, **Moctezuma.** Poc després, els asteques es van revoltar i van expulsar els espanyols de la ciutat, tot i que Cortés va aconseguir reconquerir la capital i sotmetre'ls definitivament l'any 1521.

Rebuda d'Hernán Cortés pels asteques.

La conquesta del Perú

Francisco Pizarro, un altre extremeny, va dirigir la conquesta de l'Imperi inca. Amb un exèrcit molt reduït i amb l'ajuda del capità **Diego de Almagro,** va aprofitar les divisions internes dels inques per vèncer-los. Pizarro va conquerir la capital, **Cuzco,** l'any 1533, i va executar el seu emperador, **Atahualpa.** Temps després, les diferències entre Pizarro i Almagro van originar un conflicte que va acabar amb la mort de tots dos.

Execució de l'emperador inca Atahualpa.

Les rutes de conquesta

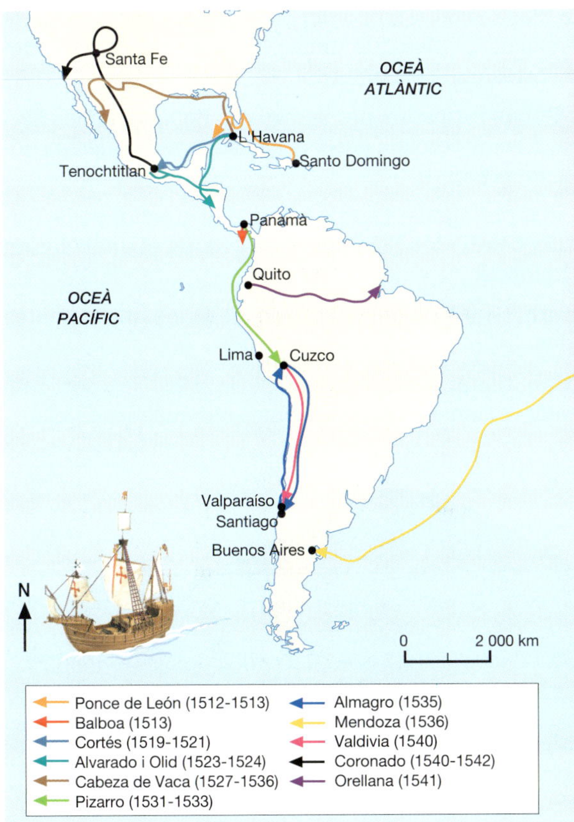

Activitats

6. Explica per què el territori d'Amèrica va passar a formar part de la Corona de Castella.

7. On es van instal·lar els primers exploradors espanyols? Quines raons els van impulsar a buscar nous territoris? Com eren les terres que buscaven?

8. Per què els espanyols, malgrat la seva inferioritat numèrica, van aconseguir sotmetre els pobladors precolombins?
- Quins exploradors van protagonitzar la conquesta? Quina recompensa obtenien a canvi?

@ **9.** Observa el mapa i explica quines van ser les rutes de conquesta i quins van ser els seus protagonistes més destacats.
- Investiga a Internet i redacta les dades més importants de les seves biografies.

\+ **10.** Llegeix el text d'Hernán Cortés i respon:
- Qui va ser Hernán Cortés? Quin territori va conquerir a Amèrica?
- Amb quin objectiu Cortés va redactar unes ordenances? Quines ordenances no van agradar als conqueridors? Per quin motiu?
- Què demana Hernán Cortés al monarca?
- Quins van ser els mètodes que van emprar els espanyols per conquerir el territori americà?
- Valora si es justifica o no la utilització d'aquests mètodes.

3. Les cultures precolombines

El continent americà estava habitat des de feia aproximadament uns vint mil anys per diversos pobles. Quan els espanyols hi van arribar, hi van trobar diferents cultures i civilitzacions, conegudes com cultures precolombines.

http://links.edebe.com/6mx
Visita la ciutat de Machu Picchu (de l'Imperi inca), construïda als Andes centrals, al sud del Perú, i considerada una obra mestra de l'arquitectura i l'enginyeria.

3.1. Els grans imperis americans

Tres cultures van destacar especialment, ja que van arribar a dominar extenses regions geogràfiques: els maies i els asteques, a l'Amèrica Central, i els inques, a l'Amèrica del Sud.

La civilització maia

Aquesta cultura es va estendre per la península del **Yucatán,** al sud de Mèxic, entre els segles IV i XVI. Estava organitzada en **ciutats Estat,** governades per l'*halach uinic,* cap suprem militar i religiós.

Estela maia de Copán.

Tenien grans coneixements d'astronomia i matemàtiques, i havien elaborat un calendari molt precís.

Van desenvolupar una complexa escriptura jeroglífica, de la qual es tenen coneixements gràcies al *Popol Vuh,* una recol·lecció de les tradicions orals maies escrites en la seva llengua. Però a l'arribada dels espanyols ja era una civilització en **decadència.**

Economia. Basada en el cultiu del blat de moro, el cacau i les hortalisses. També es dedicaven a l'artesania i practicaven el comerç amb els pobles veïns.

Societat. En ordre d'importància, estava formada per sacerdots, nobles, artesans, camperols i esclaus, que eren presoners de guerra.

Religió. Déus principals: Chaac, de la pluja; Kukulcán, del vent, i Kinich Ahau, del Sol. En el seu honor organitzaven sacrificis, danses i jocs.

Arquitectura. Van construir palaus i temples en forma de piràmides esglaonades.

Chichén Itzá. Ciutat en la qual destaca la piràmide de Kukulkan, de 24 m d'alçada.

Piràmide esglaonada maia a Chichén Itzá.

La civilització asteca

L'Imperi asteca es va desenvolupar al territori de l'actual Mèxic entre els segles XII i XVI. Va ser un imperi guerrer que va sotmetre els pobles veïns.

Calendari solar asteca.

Estava format per una **federació de ciutats,** entre les quals destacaven Tenochtitlan (la capital), Tlaxcala i Tlatelolco. El poder l'exercia l'emperador, que era alhora cap polític i religiós.

Tenochtitlan, fundada el 1325, era una de les ciutats més grans del món, amb mig milió d'habitants, i va esdevenir l'urbs més poderosa d'Amèrica.

Els asteques van desenvolupar estudis d'astronomia i un sistema d'escriptura pictogràfic.

Economia. Basada en el cultiu del blat de moro i en els tributs que cobraven als pobles que tenien sotmesos. També es dedicaven a l'artesania i el comerç.

Societat. Tribus formades per sacerdots, nobles, homes lliures (artesans i camperols) i esclaus (presoners de guerra i homes lliures empobrits).

Religió. Déus principals: Quetzalcoatl, déu creador de la Terra, i Huitzilopochtli, déu Sol i déu de la guerra, al qual oferien sacrificis humans.

Arquitectura. Grans palaus i temples en forma de piràmides esglaonades.

Tenochtitlan. Ciutat construïda en una illa al llac Texcoco; se'n va augmentar l'extensió mitjançant obres hidràuliques i canals.

Conjunt de piràmides asteques a Teotihuacan.

Un mercat precolombí

Vam quedar admirats de la multitud de gents i mercaderies que hi havia a la gran plaça de Tlatelolco. Hi havia mercaders d'or, plata, pedres precioses, plomes, mantes i coses llavorades. Altres mercaders venien roba més basta, cotó i fil, i els venedors de cacau. Més endavant venien fesols, i gallines, conills, llebres, cérvols i ànecs. Hi havia molts herbolaris, i també venien destrals de llautó i coure, i gerros de fusta pintats.

Traduït i adaptat de: B. Díaz del Castillo, *Historia verdadera de la conquista de la Nueva España*. 1632.

La civilització inca

L'Imperi inca va ser un Estat guerrer que es va desenvolupar a la serralada dels Andes entre els segles XIII i XVI.

Estava dividit en **quatre províncies,** i la capital era **Cuzco.** Cada província era governada per un *curaca* o cacic. Per damunt d'ells hi havia l'inca, l'emperador i cap suprem, considerat fill del déu Sol.

Disposaven d'un servei de correus i d'una xarxa de carreteres a través de la serralada dels Andes. També havien desenvolupat grans coneixements de medicina.

Economia. Conreaven blat de moro i patates i van crear sistemes de regadiu. Criaven llames i alpaques, de les quals extreien llana de qualitat. Comerciaven amb ceràmica i orfebreria d'or i plata.

Societat. Organitzada en clans, estava integrada per l'aristocràcia (sacerdots, nobles i guerrers), el poble (camperols i artesans) i els esclaus.

Religió. Divinitats principals: Viracocha, divinitat creadora, i Inti, el déu Sol. Feien ofrenes i sacrificis.

Arquitectura. Van construir grans edificis i fortaleses de pedra.

Machu Picchu. Ciutat sagrada construïda al segle XV, a 2 500 m d'altitud.

Ganivet ritual inca d'or.

Ruïnes de Machu Picchu als Andes.

Les civilitzacions precolombines

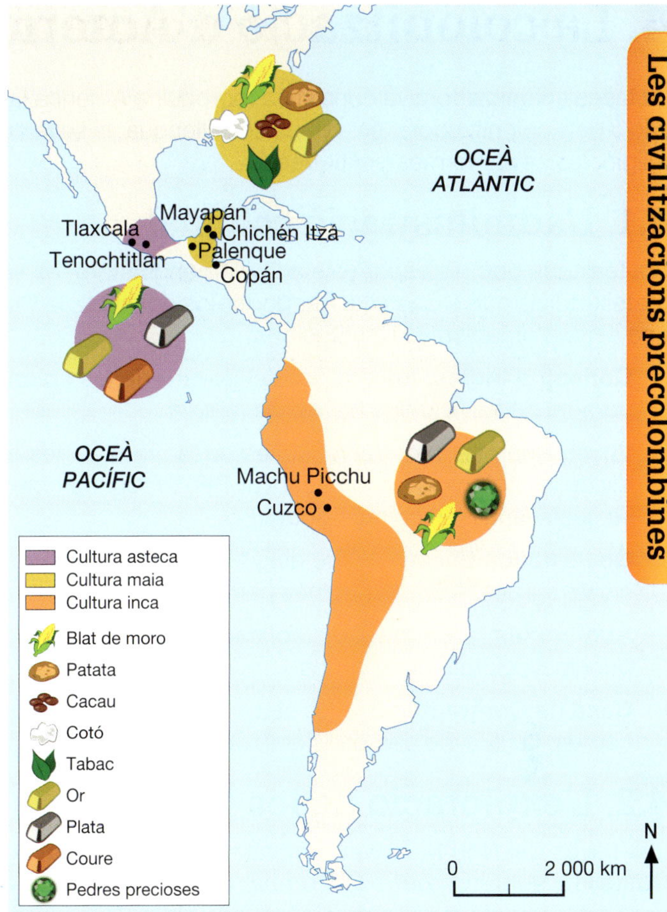

Activitats

11. Observa el mapa de les civilitzacions precolombines i indica la localització de cadascuna. Quins productes destaquen en cada una d'aquestes civilitzacions?

12. Elabora un esquema amb les característiques de les tres civilitzacions precolombines, tot assenyalant quins elements tenien en comú i quins les diferenciaven.

+ **13.** Llegeix el text i respon les preguntes:

- De quina civilització ens parla el text? En quin país actual se situa el seu territori?
- Quins productes es venien en aquest mercat? Aquest mercat era comparable a un d'europeu?
- Per què els conqueridors van preferir sotmetre aquests pobles en lloc de comerciar amb ells?

14. Indica a quina civilització precolombina fan referència les afirmacions següents:

- Estava en decadència, va desenvolupar una escriptura jeroglífica i oferia sacrificis als déus.
- Era un imperi dividit en províncies, amb una xarxa de carreteres i grans edificis de pedra.
- Era un imperi guerrer dedicat al cultiu del blat de moro i a l'artesania; construïa piràmides.

4. La colonització d'Amèrica

La tasca colonitzadora va consistir a reproduir a Amèrica la pròpia civilització dels colonitzadors; és a dir, la seva llengua, la seva cultura, la seva religió, les seves formes polítiques...

4.1. L'administració colonial

Als territoris que els espanyols anaven conquistant, es van aplicar les mateixes lleis que a Castella. Per poder-los governar, la Corona va crear una sèrie d'organismes i institucions:

— **Consell d'Índies.** Encarregat del govern de les colònies i de l'elaboració de les lleis que havien de regir-hi.

— **Virrei.** Representant del rei en les dues grans zones en què es van dividir les colònies: Nova Espanya i Perú. Eren membres de la noblesa castellana i tenien molt poder.

— **Governador.** Encarregat de dirigir les províncies en què es dividien els virregnats. A les zones més perilloses es van crear capitanies.

— **Audiències.** S'ocupaven d'aplicar les lleis i impartir justícia a les principals ciutats americanes.

— **Casa de Contractació.** Amb seu a Sevilla, regulava i administrava el comerç i el flux de persones amb les Índies.

4.2. L'explotació de les Índies

Les terres del Nou Món van ser una important font d'ingressos per a Castella i, sobretot, per a la Corona. El màxim interès dels espanyols era l'extracció de metalls preciosos: **or** i **plata.** Per a això van explotar mines, entre les quals destacaven les de **Zacatecas,** a Mèxic, i les de **Potosí,** a Bolívia, de les quals s'extreia sobretot plata.

Els colonitzadors també van establir grans explotacions agrícoles i ramaderes per obtenir abundants recursos de la terra, com ara blat de moro, patates, tomàquets, etc.

4.3. L'impacte de la colonització

Els indígenes van ser considerats per la Corona vassalls lliures i súbdits de Castella, encara que a la pràctica van ser obligats a realitzar treballs molt durs en les explotacions mineres i en les plantacions agrícoles. Aquest treball forçós es desenvolupava mitjançant la ***encomienda*** o la **mita,** que permetien al colonitzador utilitzar els indígenes com a mà d'obra.

Els abusos que es van dur a terme van generar protestes de **missioners** com **fra Bartolomé de las Casas,** que va denunciar l'explotació a què es veia sotmesa la població indígena. Al seu torn, la Corona també va intentar evitar els abusos redactant lleis per posar-hi fi. Un exemple van ser les **Lleis Noves,** promulgades per Carles I el 1542, que van abolir l'esclavitud dels indígenes i van prohibir les *encomiendas*. Malgrat això, l'explotació dels indis es va mantenir.

La colonització va tenir un clar **impacte demogràfic.** Hi va haver un gran descens de la població autòctona a causa de les malalties que portaven amb ells els europeus i de les guerres, a més dels treballs forçats.

D'altra banda, la presència espanyola va deixar una **herència cultural** a Amèrica, apreciable, per exemple, en la llengua, l'art i el pensament, la religió catòlica, l'arquitectura de palaus i catedrals i la creació d'universitats.

http://links.edebe.com/phia
Reportatge sobre l'entrada del virrei Diego Morcillo a Potosí.

L'intercanvi comercial

El comerç amb Amèrica va ser un **monopoli** de la Corona, que controlava totes les activitats d'intercanvi. De les Índies arribaven metalls preciosos, cuirs, sucre i productes fins llavors desconeguts a Europa, com ara el blat de moro, el cacau, la patata, el tomàquet... D'Europa s'exportaven a Amèrica bestiar boví i oví, porcs, cavalls, blat, llegums, arròs i vi. Tots aquests productes no existien allà abans de l'arribada dels espanyols. També es comerciava amb productes manufacturats i armes. A més, es portaven esclaus des d'Àfrica. Per controlar el comerç i protegir-lo dels atacs dels pirates i de les potències enemigues, es van organitzar les **flotes d'Índies,** en les quals els bucs viatjaven en grup per defensar-se mútuament.

Treballadors indígenes en una mina.

Encomienda Domini concedit a un cavaller o a una institució religiosa sobre parcel·les de terres i un grup d'indígenes per treballar-les.

Missioner Religiós cristià desplaçat a llocs on es desconeix aquesta religió per evangelitzar els seus habitants.

Mita Treball forçós dels indis a canvi d'un salari. Es va aplicar sobretot en les mines de Mèxic i Bolívia.

Monopoli Exercici en exclusiva del comerç amb les colònies per part de la Corona.

L'Amèrica colonial

La societat colonial

L'arribada de dones espanyoles i d'esclaus africans, més la presència dels indígenes i els espanyols, va donar lloc al mestissatge, derivat de la unió entre individus dels diferents grups. A més dels mestissos, també van aparèixer els mulats, fills de blancs i negres, i els *zambos*, fruit de la unió entre indis i negres. El resultat va ser una societat jerarquitzada i desigual, basada en criteris racials.

Criolls. Descendents dels conqueridors. Ocupaven el graó superior de la societat. Seus eren el govern, les terres i el comerç.

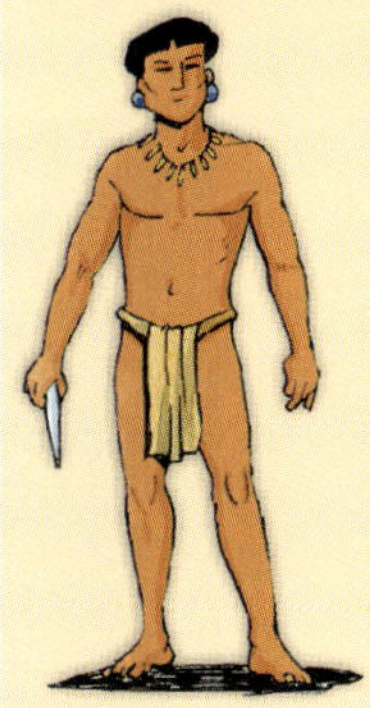

Mestissos. Fills d'espanyols i indígenes. Ocupaven un lloc intermedi entre els criolls i els indis.

Indígenes. Població autòctona, coneguts com indis. Realitzaven els treballs manuals, sobretot en l'agricultura. Van sofrir innombrables abusos malgrat estar teòricament protegits per les lleis.

Esclaus negres. Població portada d'Àfrica com a mà d'obra esclava. Eren els que estaven en les condicions pitjors, ja que cap llei els protegia.

Àgora

Una societat mestissa

Observeu l'estructura de la societat colonial i formeu grups de cinc.

» **Reflexioneu conjuntament sobre la importància del mestissatge en les societats actuals.**

J. Moreno, *Fundació de Buenos Aires per Juan de Garay* (1909).

Activitats

15. Explica quines eren les institucions creades per organitzar l'administració colonial.

16. Observa el mapa i, amb l'ajuda d'un atles, enumera els països actuals que formaven part de les audiències.

17. Com es van organitzar els viatges comercials entre Castella i el Nou Món? De qui era el monopoli comercial?

— Enumera els productes que s'intercanviaven entre Europa i Amèrica.

@ **18.** Consulta la pàgina web següent i explica què era la flota d'Índies i quines rutes seguia.

http://links.edebe.com/pyzrg

19. Observa les imatges de la mina i de Buenos Aires, i explica quins dos aspectes de la colonització espanyola reflecteixen.

@ **20.** Visita el web sobre l'entrada del governador Diego Morcillo a Potosí i respon:

— On es troba Potosí? Per què era tan important aquesta ciutat?
— Quina escena mostra el quadre del vídeo?
— Què era la mita?
— Qui era Diego Morcillo?
— De quina manera s'aprecia en el quadre el mestissatge de la societat colonial?

Visió 360º

El Nou Món a la taula

Al segle XV l'eix del comerç entre Europa i Àsia eren les preuades espècies —pebre, canyella, nou moscada...—, imprescindibles per conservar i condimentar els aliments dels europeus. Paradoxalment, en la cerca d'una nova ruta cap a aquestes espècies, no només es va trobar un nou continent, sinó que també es van descobrir noves espècies i, sobretot, nous aliments: patata, tomàquet, pebrot, cacau (xocolata), blat de moro, carabassa, alvocat, pinya, vainilla...

Encara que la incorporació dels aliments americans en l'alimentació dels europeus va ser lenta (per exemple, durant molts anys n'hi havia, com la patata i el tomàquet, que s'utilitzaven com a plantes decoratives), finalment s'han integrat en la vida quotidiana: quan mengem crispetes al cinema, o patates fregides, o un gelat de xocolata o de vainilla...

Revolució a la dieta: nutrients, color i sabor

Al seu retorn d'Amèrica, Colom va portar amb ell alguns dels aliments del Nou Món. Aleshores, la dieta de la majoria dels europeus era molt senzilla, precària i poc variada, ja que se centrava en el blat, la civada, el sègol i l'ordi. La progressiva incorporació dels aliments americans va provocar una transformació revolucionària en la dieta dels europeus, a la qual va aportar nutrients, color i sabor.

Representació d'una missió a Mèxic al segle XVII

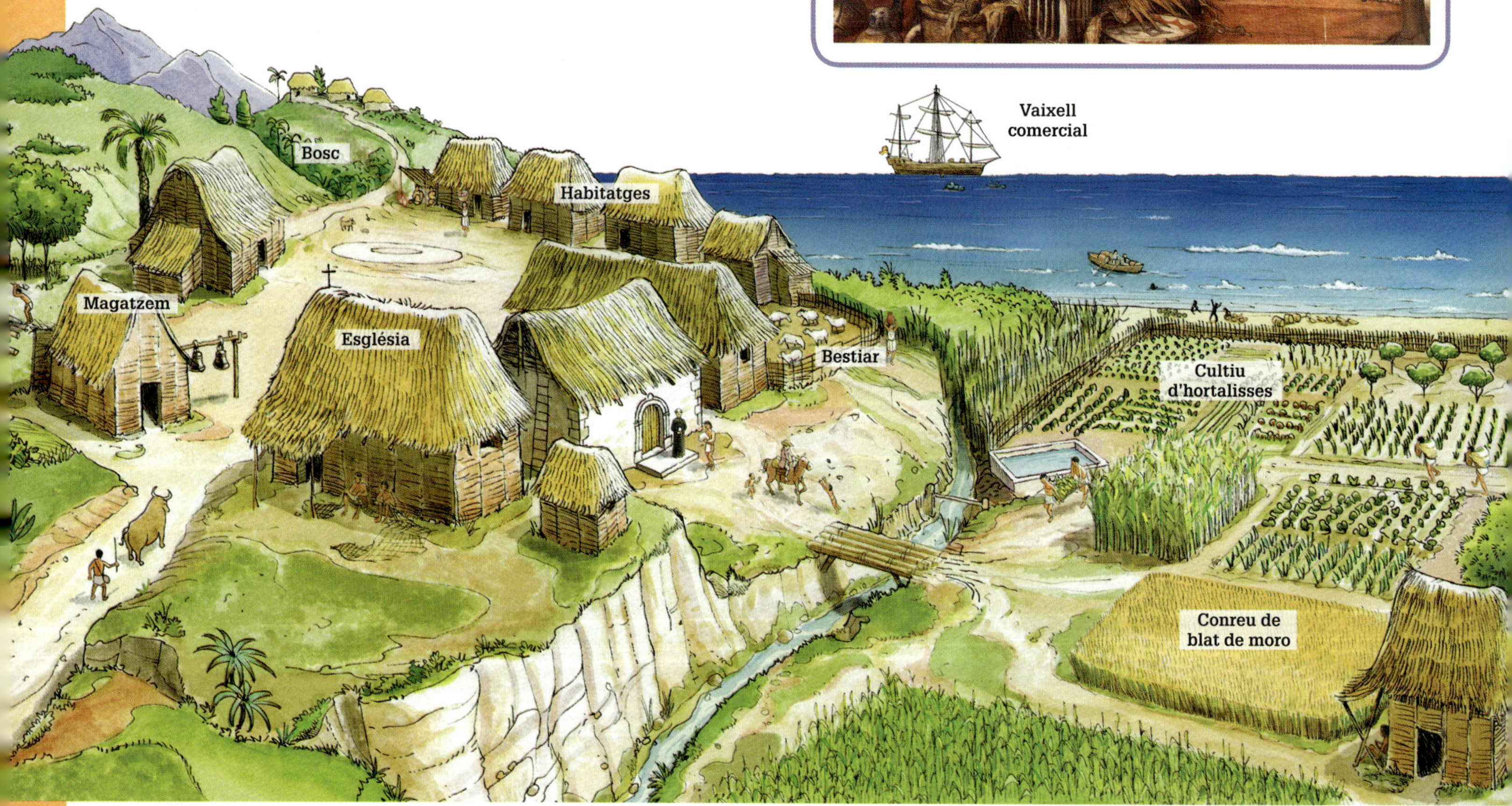

El blat de moro

És un fet. Els cereals, allà on van (és un dir!), es fan màgics. El blat de moro, el primer entre els primers, conreat a tot el món, va ser el tòtem dels maies, i dels inques, i de tots els pobles que van habitar des de la llunyania del principi de la humanitat les terres de Mesoamèrica.

Des de fa més de set mil anys els habitants de l'Amèrica Central s'alimenten d'aquest cereal, que va ser la seva fórmula de supervivència: bullit, rostit, a la vora del foc o a la calor de les pedres.

En el nostre entorn, malgrat les seves grans virtuts, el blat de moro és poc consumit en la dieta habitual, ja que la nostra cultura gira per altres rumbs i costums. No obstant això, sembla imprescindible per a una part de la indústria nacional, perquè què seria del nostre cinematògraf si a les seves sales d'exhibició no se sentís el continu traginar, mastegar i engolir les crispetes que es fabriquen arreu per ser expedides en els més luxosos bufets?

Traduït i adaptat de: www.elpais.com (5-8-2011)

http://links.edebe.com/bin

Pàgina web sobre història dels aliments (pebrot, vainilla, blat de moro, patata, tomàquet, canya de sucre...).

http://links.edebe.com/n4

Article periodístic sobre el cacau.

http://links.edebe.com/i2

Pàgina web sobre la història de l'alimentació.

Xocolata, una beguda només per a l'aristocràcia

Els pobles indígenes de l'Amèrica Central utilitzaven el cacau per preparar una beguda que podem considerar el precedent remot de la xocolata actual. Suavitzada amb sucre, la xocolata es va convertir en una beguda a l'abast només de l'aristocràcia europea, que la consumia en les seves selectes reunions socials.

Amèrica, el paradís de l'abundància

Una constant en l'alimentació dels europeus era l'escassetat, que cíclicament provocava grans fams. Un dels aliments portat d'Amèrica que es va convertir en la base de la dieta va ser la patata, de producció fàcil i abundant. Precisament, l'escassetat de patata a Irlanda a mitjan segle XIX va provocar l'anomenada «gran fam irlandesa», causa d'una important onada migratòria d'irlandesos cap a... Amèrica.

Cre@ctivitat: Editar un mapa temàtic

Google Maps disposa d'una aplicació denominada «Els meus mapes», que et permet crear mapes en els quals pots afegir itineraris, rètols, fitxes informatives, imatges, etc.

http://links.edebe.com/w6rj2e

Per iniciar l'aplicació, accedeix a la pàgina web i registra't com a usuari de Google. Després, podràs accedir a «Els meus llocs» i «Crear mapa»

» En grups, busqueu informació sobre els aliments originaris d'Amèrica esmentats. Amb aquesta informació, editeu un mapa amb fitxes informatives.

Aprèn a Comparar fonts escrites

Comparar dues fonts o més ens serveix per poder analitzar més bé un període històric.

En tenir en compte diferents punts de vista, la nostra anàlisi s'enriqueix i podem arribar a conclusions més encertades. Per tant, com més informació posseïm, més bé entendrem allò que estem estudiant.

A continuació compararem dues fonts escrites diferents que ens parlen d'un mateix esdeveniment: la colonització d'Amèrica.

Les Lleis Noves d'Índies **a**

7. Perquè la nostra voluntat sempre ha estat i és la conservació i l'augment dels indis i que siguin instruïts en la nostra santa fe catòlica i ben tractats com a persones lliures i vassalls nostres, manem als membres de l'anomenat nostre Consell [de les Índies] que tinguin sempre molt gran atenció i especial cura sobretot de la conservació i bon govern i tractament de les Índies esmentades.

20. Perquè una de les coses més principals que en les Audiències ens han de servir és tenir una cura molt especial del bon tractament dels indis i conservació d'ells, manem que s'informin sempre dels excessos i maltractaments que els fossin fets pels governadors o persones particulars, i vagin amb compte de remeiar-ho castigant els culpats amb tot rigor, conforme a justícia.

21. Ordenem que d'ara endavant, per cap causa de guerra ni d'altre tipus, no es pugui fer esclau cap indi, i volem que siguin tractats com vassalls nostres de la Corona de Castella, doncs ho són.

Traduït i adaptat de: *Leyes Nuevas*. 1542.

La colonització **b**

Es van descobrir les Índies l'any 1492, poblades l'any següent de cristians espanyols. Totes estaven habitades per indis. Totes aquestes gents va criar Déu com els més simples, sense maldats i obedientíssimes als seus senyors naturals i als cristians a qui serveixen. Són també molt capaços per rebre la nostra santa fe catòlica.

Els espanyols no han fet res més des de fa quaranta anys fins avui sinó matar-los, turmentar-los i destruir-los amb formes de crueltat mai vistes, en tant grau que són morts en els esmentats quaranta anys per aquestes tiranies més d'un milió d'homes, dones i nens. Dues maneres han tingut els cristians d'extirpar de la terra els indis. Una, per cruels guerres. Una altra, oprimint-los amb la més dura i horrible servitud en què mai homes ni bèsties van poder ser posats.

La causa per què els cristians han mort tantes ànimes ha estat solament per inflar-se d'or i riqueses. És sabut, fins i tot els tirans ho confessen, que mai els indis van fer mal a cristians fins que abans van haver rebut d'ells molts robatoris, morts i vexacions.

Traduït i adaptat de: B. de las Casas, *Brevísima relación de la destrucción de las Indias*. 1552.

Producció de sucre amb mà d'obra indígena.

Tipus de fonts escrites

Les **fonts primàries:**

- Són documents elaborats en el moment en què van ocórrer els esdeveniments que reflecteixen.
- Ens aporten una valuosa informació sobre diferents aspectes del passat: la vida quotidiana, el pensament, la política, la societat…
- En el cas de diaris, cartes, etc., poden presentar els fets de manera subjectiva, és a dir, des d'un punt de vista personal.

Les **fonts secundàries:**

- Són les interpretacions posteriors dels historiadors a partir de les dades de les fonts primàries.
- Són documents elaborats a partir d'informació recollida en diverses fonts (mapes, gràfics, textos…).
- Encara que es diferencien de les fonts primàries pel seu rigor històric, també poden ser subjectives a causa de la interpretació que en fa l'historiador.

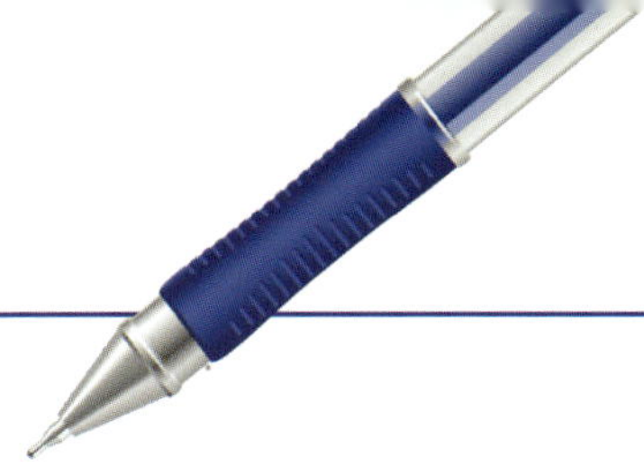

Passos	Aplicació
Identificació i anàlisi » Identificar les idees principals dels textos i si es tracta d'una font primària o secundària.	A: Les Lleis Noves van ser promulgades per Carles I el 1542. Prohibien l'esclavitud dels indígenes, ordenaven que fossin ben tractats i instruïts en la fe catòlica i que es denunciés a qui incomplís la llei. B: Bartolomé de las Casas denuncia les matances i la submissió que pateixen els indis americans, així com la crueltat i l'avarícia dels cristians a Amèrica des de la seva arribada, quaranta anys abans. El text està escrit deu anys després de la promulgació de les Lleis Noves. En tots dos casos es tracta de fonts primàries.
Comparació » Contrastar els arguments dels autors, buscant els punts comuns i divergents dels textos.	Molt poc temps després que les Lleis Noves, dictades a Castella, proclamessin que els indígenes no podien ser esclaus i que havien de ser tractats com a vassalls de la Corona de Castella, Bartolomé de las Casas denunciava el tracte que rebien els indis i el seu sofriment. Això demostra que a Amèrica no es complien aquestes lleis. Tots dos textos citen la voluntat de convertir els indígenes al cristianisme.
Síntesi » Sintetitzar els coneixements adquirits a través dels textos.	Els textos ens permeten comprovar que, des dels primers anys de la colonització, es va maltractar els indígenes, que van ser perseguits i esclavitzats. Hi va haver gent que es va adonar que s'estava sobreexplotant el territori americà i els seus habitants. Les denúncies fetes per aquestes persones van portar la Corona de Castella a promulgar lleis per protegir els nadius. Però aquestes denúncies no van ser gaire eficaces, ja que, segons Bartolomé de las Casas, els indígenes van continuar sent explotats.
Contrast » Contrastar, a través dels coneixements propis, el problema a què es refereixen els textos.	Els textos es refereixen a la colonització d'Amèrica i assenyalen aspectes conflictius, com ara l'actitud dels colonitzadors, les seves repercussions en la comunitat indígena i l'intent de la Corona d'evitar aquest problema promulgant lleis en contra de l'esclavitud i el maltractament. Sabem que aquest procés va estar marcat, per exemple, per la caiguda demogràfica de la població indígena, la violència de molts conqueridors i l'acumulació de riqueses, sobretot en metalls preciosos, en benefici dels colonitzadors i de la Corona castellana.

Activitats

1 Compara els textos següents a partir de les pautes que hem establert.

- Identifica'n les idees principals i explica si es tracta de fonts primàries o secundàries.
- Compara els arguments de tots dos textos i busca-hi les coincidències i les divergències.
- Resumeix els coneixements obtinguts a través dels textos i contrasta'ls amb els teus coneixements previs.

La majoria dels pobles americans respectaven en els temps de la invasió uns estrictes codis d'honor. Només l'acatament reverencial d'aquests codis per part dels asteques va poder permetre que Hernán Cortés, al capdavant de tan sols 400 homes, s'apoderés en un temps tan breu d'un imperi de milions. Només el respecte dels inques a les lleis de l'hospitalitat va permetre que Francisco Pizarro, amb 168 soldats brutals, pogués assassinar en una tarda 7 000 persones en la celebració d'Atahualpa, que, per demostrar la seva confiança i la seva voluntat de pau, va arribar al campament desarmat i vestit amb vestits cerimonials. Des de la perspectiva de la força i de la capacitat de destrucció, els europeus eren més avançats, i els pobles americans eren endarrerits, ingenus i dòcils. Però, des de la perspectiva d'una veritable civilització, cal preguntar-se sempre qui és més civilitzat, si el que mata o el que respecta.

Traduït i adaptat de: W. Ospina, *La América mestiza. El país del futuro.* Villegas, 2000.

Els espanyols van conquistar Amèrica amb molt poques baixes. La pèrdua de 600 homes durant la Nit Trista a Mèxic-Tenochtitlan va ser excepcional. Fins i tot en les dures campanyes de Cortés, Pizarro, Almagro i els altres grans conqueridors, les pèrdues dels espanyols van ser molt reduïdes. En canvi, els indis van sofrir ingents baixes, i els camps de batalla que van contemplar l'avenç de les armes espanyoles quedaven coberts amb els seus cadàvers. Les baixes dels indis són un testimoniatge de la superioritat de les armes espanyoles i de les seves armadures. En l'inici de la conquesta, les armes de foc van desenvolupar un paper secundari, però en les últimes fases van ser fonamentals. D'altra banda, en el període posterior a la conquesta es van convertir en un poderós factor dissuasiu de les rebel·lions índies.

Traduït i adaptat de: J. Lynch, *Monarquía e imperio. El reinado de Carlos V.* El País, 2007.

- Per resumir la unitat, completa al teu quadern l'esquema següent:

DESCOBRIMENTS GEOGRÀFICS

Causes → **Exploracions**

Causes
- ....
- ....
- Mentalitat humanista

Exploracions
- **Castella** — Colom descobreix Amèrica
- **Portugal** — Es voreja Àfrica

Colom descobreix Amèrica → **Cultures precolombines** / **Conqueridors**

Cultures precolombines
- Maia
- ....
- ....

Conqueridors
- Hernán Cortés, a Mèxic.
- ...., al Perú.

Conqueridors → **Colonització** → **Impacte**

Impacte
- *Encomienda*
- Caiguda ....
- Explotació dels ....
- Societat desigual basada en criteris racials.

Dades clau

- A la fi del segle XV, els navegants portuguesos i castellans van fer diverses **exploracions,** que van permetre **ampliar el món conegut** pels europeus i establir **noves rutes comercials.**
- **Cristòfor Colom** va descobrir Amèrica el **12 d'octubre de 1492,** tot i que ell sempre va pensar que havia arribat a les Índies.
- Amb anterioritat a l'arribada dels europeus, a Amèrica hi havia **tres grans civilitzacions** desenvolupades, conegudes com **precolombines:** els maies, els asteques i els inques.
- La conquesta i la colonització d'Amèrica van permetre a la Corona de Castella (i a Portugal) augmentar extraordinàriament les seves possessions i construir un **enorme imperi colonial.**

Personatges

Cristòfor Colom
(c. 1436-1506). Navegant al servei de la Corona de Castella. En la seva exploració d'una nova ruta a les Índies, va descobrir Amèrica l'any 1492.

Moctezuma II
(1466-1520). Governant asteca a l'arribada dels espanyols comandats per Francisco Pizarro. Va morir durant la revolta asteca contra els espanyols.

Activitats finals

1. Defineix els conceptes següents:

caravel·la - crioll - cultures precolombines - *encomienda* - flota d'Índies - mestís - mita - portolà

2. Classifica els següents fets segons si són causes o conseqüències dels descobriments geogràfics del segle XV:

cerca de noves rutes comercials - concepció optimista de les possibilitats de l'ésser humà
creació de grans imperis colonials - demostració de l'esfericitat de la Terra
l'Atlàntic desplaça la Mediterrània com a centre del comerç internacional
millores en la navegació

3. Explica el recorregut de les rutes d'exploració seguides pels navegants portuguesos i castellans.

4. Completa al teu quadern una taula com aquesta sobre les cultures precolombines:

	Maies	Asteques	Inques
Cronologia			
Localització			
Economia i societat			
Religió			
Arquitectura			

5. Descriu com va organitzar la monarquia hispànica el govern dels nous territoris colonitzats a les Índies.

— Quins van ser els organismes i institucions creats per al seu govern? Quines funcions tenien?

6. Observa atentament la il·lustració i respon les qüestions següents:

— Descriu l'escena que mostra.

— Quins personatges hi apareixen? Quines activitats realitzen?

— Explica breument com va ser l'explotació que els espanyols van fer de les Índies.

— Què era la mita? I la *encomienda*? Com es van fer servir en la colonització espanyola?

Posa a prova les teves competències

Obtenir informació d'un text històric

A la seva arribada a Mèxic, els conqueridors, al comandament d'Hernán Cortés, van capturar l'emperador dels asteques, Moctezuma. Malgrat la revolta asteca, els espanyols van acabar imposant el seu domini.

1. Aplica la **rutina de pensament** *paraula, idea, frase.*

- Llegeix atentament el text de fra Bernardino de Sahagún.
- Tria una paraula, una idea i una frase que et cridin l'atenció del text o les que al teu parer expressin més bé el seu contingut.
- Posa en comú amb tota la classe la paraula, la idea i la frase que has escollit.

Els espanyols s'apoderen de les riqueses de Moctezuma

Quan van arribar els espanyols a l'estança dels tresors, era com si haguessin arribat al límit. Pertot arreu es ficaven, tot ho cobejaven per a ells, estaven dominats per l'avidesa.

De seguida van treure totes les coses que eren propietat de Moctezuma; el que li pertanyia, el seu lot propi; tota cosa de valor i estima: collarets de pedres gruixudes, polseres d'or, anells amb cascavells d'or per lligar al turmell i corones reials. I totes les seves altres joies, que eren molt nombroses.

Tot ho van agafar, de tot es van ensenyorir, tot ho van arrabassar com a seu, de tot es van apropiar com si fos la seva sort.

Traduït i adaptat de: B. de Sahagún, *Historia general de las cosas de Nueva España*. 1540-1585.

Utilitzar Internet per obtenir informació històrica

Durant l'època colonial, la mineria de metalls preciosos —or i plata— va ser l'activitat econòmica principal. La productivitat de la mina de Potosí va ser tan abundant que avui l'expressió «valer un Potosí» és sinònim de gran valor.

2. Busca informació sobre Potosí i respon:

@ — Què era el Cerro Rico de Potosí? Explica com funcionava l'explotació minera de plata.

— Com es transportaven els metalls preciosos fins a Castella? Què eren els camins de la plata?

— Quina evolució va experimentar la producció de plata en el transcurs de la dominació colonial?

@

http://links.edebe.com/uvnix5
http://links.edebe.com/ieh
Pàgines web sobre l'explotació de la plata a Potosí.

http://links.edebe.com/jea89
Pàgina web amb informació sobre els camins de la plata, a Amèrica i a Espanya.

PBL Aprenentatge basat en problemes

@ **3.** L'associació Multicultures està organitzant un viatge d'un famós muntanyenc i aventurer al voltant del món amb l'objectiu de sensibilitzar sobre la pluralitat de cultures al nostre planeta.

Aquest personatge viatjarà per tot el globus seguint la mateixa ruta de l'expedició de Magalhães i Elcano, i escriurà un blog a manera de bitàcola.

El teu grup i tu heu rebut l'encàrrec de documentar el viatge i esbossar el blog. Per a això, us heu d'informar sobre totes les escales del viatge de Magalhães i Elcano i redactar una entrada al blog sobre cadascuna d'elles, amb les dades bàsiques: localització, imatges, pobladors...

Podeu consultar les pàgines web següents:

http://links.edebe.com/n9be

http://links.edebe.com/by74

http://links.edebe.com/jhvk

Obtenir informació històrica d'una pintura

A les ciutats de les societats precolombines hi havia una important activitat comercial, de manera especial en les cultures maia, asteca i inca. El pintor Diego Rivera (1886-1957) va recrear en aquesta pintura mural un dia de mercat a la ciutat de Mèxic-Tenochtitlan, de l'Imperi asteca.

4. Observa la imatge, llegeix la informació i respon les preguntes següents.

— Quins personatges apareixen en l'obra? Pertanyien a diferents grups socials? Per què?

— Quins productes s'hi reconeixen? S'intercanviaven solament els aliments o també altres productes no comestibles?

— El cacau era un producte valorat en la societat asteca. De quina manera s'aprecia això en la pintura?

— Creus que la dona ocupava un paper rellevant en el comerç asteca? Justifica la teva resposta.

Reflexiona

Diari d'aprenentatge

— Què has après sobre les exploracions geogràfiques i la colonització d'Amèrica? Què t'ha resultat més difícil de tot el que has estudiat?

— Del que has après, què creus que et pot resultar més útil? Per què?

— És indubtable que la cultura espanyola va influir a Amèrica. D'altra banda, de quina manera creus que han influït les civilitzacions americanes en la teva vida quotidiana?

3 La monarquia hispànica

La unió dels diferents regnes de la Península ibèrica a causa del matrimoni dels Reis Catòlics va donar lloc a la formació de la monarquia hispànica. Amb ella es va consolidar un Estat modern autoritari que aviat es va convertir en un dels imperis més poderosos i extensos d'Europa, en incloure els territoris descoberts per Cristòfor Colom a Amèrica i les herències i conquestes realitzades pels seus descendents Carles I i Felip II.

» CONTINGUTS

Rutina de pensament

DEU VEGADES DOS

- Observa la imatge atentament i en silenci durant trenta segons.
- Sense mirar la imatge, redacta una llista de deu paraules sobre aspectes que hi hagis observat.
- Repeteix els passos anteriors: observa altre cop la imatge i, després, afegeix deu paraules noves a la llista.
- Poseu en comú les vostres llistes i expliqueu què heu descobert sobre aquest tapís.

Carles I passa revista a les tropes a Barcelona (1548-1554).
http://links.edebe.com/9yr

Eix cronològic

1479 · 1492 · 1504 · 1516 · 1521 · 1556 · 1580 · 1598

- **Reis Catòlics** (De 1506 a 1516, Ferran regent de Castella): 1479–1516
- **Carles I**: 1516–1556
- **Felip II**: 1556–1598
- **Renaixement**: 1504–1598

- 1492: Descobriment d'Amèrica
- 1521: Cortés conquereix Mèxic
- 1580: Annexió de Portugal

1. Els Reis Catòlics: la monarquia hispànica

Des de l'Edat Mitjana es concertaven matrimonis entre prínceps o reis per unir territoris o consolidar regnes. Al segle XV, les noces dels prínceps Isabel de Castella i Ferran d'Aragó, tots dos de la dinastia Trastàmara, va marcar l'inici de la monarquia hispànica.

1.1. La unió dinàstica

Isabel, hereva del regne de Castella, i Ferran, hereu de la Corona d'Aragó, es van casar el 1469. En el moment en què van ser proclamats reis, **Isabel I de Castella** el 1474 i **Ferran II d'Aragó** el 1479, es va consumar la unió de tots dos regnes.

Aquest matrimoni va ser una **unió dinàstica,** és a dir que no va suposar la fusió de les dues Corones, tot i que va establir les bases de la seva futura integració política. Cada regne va conservar les seves fronteres, les seves lleis i institucions, i fins i tot les conquestes comunes es van incorporar a una Corona o l'altra. Per exemple, les Canàries van passar a ser del regne de Castella, i Nàpols, del d'Aragó.

Però malgrat que eren monarques de regnes diferents, tots dos participaven en les decisions de l'altre i sovint van actuar conjuntament. En política exterior col·laboraven davant d'enemics comuns i compartien els impostos que recaptaven, sempre que en el regne que els cedia hi hagués excedent.

Noces reials. Tapís que idealitza la cerimònia matrimonial d'Isabel i Ferran.

1.2. Castella i Aragó el 1479

En 1479 la situació de Castella i d'Aragó era molt diferent econòmicament i socialment. Aquesta desigualtat va convertir Castella en el centre polític de la unió a causa d'una extensió, riquesa i població més grans.

La **Corona de Castella** tenia una població d'uns 4 500 000 habitants. La seva economia es basava en l'agricultura i la ramaderia ovina i, sobretot, en el comerç de la llana amb Europa. La societat castellana estava dominada per la noblesa, que no es va veure gaire afectada per la crisi del final de l'Edat Mitjana.

La **Corona d'Aragó** tenia menys d'un milió d'habitants entre els tres regnes que la formaven: Aragó, Catalunya i València. La seva economia s'orientava cap al comerç mediterrani, on havia estat una gran potència durant l'Edat Mitjana. Socialment es caracteritzava pel domini de la burgesia urbana. La crisi medieval l'havia sumit en una clara decadència.

La monarquia castellana exercia la seva autoritat i es finançava més fàcilment per mitjà d'un impost al consum, mentre que la monarquia aragonesa havia de pactar amb cadascuna de les corts dels seus tres regnes cada vegada que necessitava recaptar més recursos o imposar la seva autoritat.

A més, la cort, que era itinerant, es va allotjar moltes més vegades en ciutats castellanes, la qual cosa va ajudar a consolidar el predomini de Castella com a regne.

http://links.edebe.com/rt83m

Documental biogràfic sobre la reina Isabel I de Castella.

@

La desigualtat de Castella i Aragó

En la doble monarquia, les dues Corones no estan exactament equiparades: hi ha un desequilibri indubtable a favor de Castella, amb una tendència a la castellanització de la monarquia que s'anirà accentuant en la centúria següent. Això no es deu a la voluntat dels reis, sinó a la relació de forces que llavors hi ha a la Península. Castella és molt més extensa que Aragó i molt més poblada, ja que coneix un creixement i una densitat demogràfics molt més ràpids: amb 4 500 000 habitants a final del segle XV, Castella deixa molt enrere Aragó, que per les mateixes dates només compta amb un milió; Castella té el triple de superfície que Aragó, però una població quatre vegades més gran. Un altre factor contribueix poderosament a accentuar aquest desequilibri a favor de Castella, i és el dinamisme de la seva economia.

Traduït i adaptat de: J. Pérez, *España moderna (1474-1700)*. Vol. 5 de M. Tuñón de Lara, *Historia de España*. Labor, 1982.

1.3. La monarquia hispànica

La unió dinàstica d'Isabel i Ferran va ser l'origen de la **monarquia hispànica.** Els Reis Catòlics (nom concedit pel papa Alexandre VI l'any 1494) van voler establir les bases d'un nou **Estat modern** reforçant el seu poder i imposant la seva autoritat a la noblesa i al clergat.

Aquest projecte va triomfar a Castella, on Isabel va sotmetre la noblesa. Però a la Corona d'Aragó Ferran no ho va poder aconseguir, ja que la noblesa i la burgesia van mantenir la seva influència en les decisions polítiques.

El 1504, en morir Isabel I, el regne de Castella va passar a la seva filla **Joana I,** casada amb Felip d'Habsburg. Ferran II va continuar sent el rei d'Aragó. Semblava que els dos regnes s'acabarien separant, però el feble estat mental de la reina després de la mort del seu marit va fer que Ferran II tornés a Castella i n'ocupés la **regència** (1506). A la mort de Ferran II el 1516, **Carles I,** fill de Joana i Felip, va heretar totes dues Corones.

Arbre genealògic

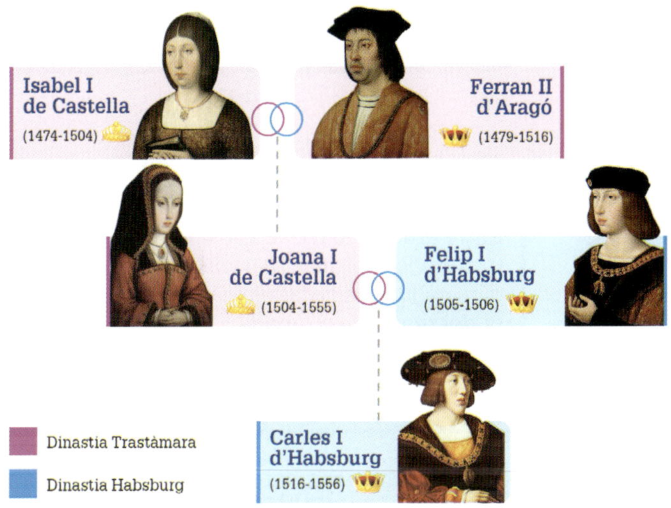

Felip d'Habsburg i la seva dona la reina Joana I, coneguts com Felip el Bell i Joana la Boja.

Regència Govern d'un regne durant la minoria d'edat, la incapacitat per malaltia o l'absència del monarca legítim.

Activitats

1. Explica per què s'anomena «unió dinàstica» el matrimoni dels Reis Catòlics.
2. Compara en una taula els regnes de Castella i d'Aragó. Quin dels dos es va convertir en el centre polític? Per què?

	Població	Economia	Societat
Castella	....	....	....
Aragó	....	....	....

3. Llegeix el text de la pàgina anterior. Per què hi havia un desequilibri entre Castella i Aragó en l'època dels Reis Catòlics? A favor de quin regne?
4. Els Reis Catòlics van establir les bases de l'Estat modern. Com ho van fer? Van tenir el mateix èxit a les dues Corones? Per què?
5. Fixa't en l'arbre genealògic de dalt. Qui va succeir la reina Isabel després de la seva mort? Es va posar fi a la unió dinàstica? Per què? Qui va succeir Ferran II?
6. Observa el tapís de les noces dels Reis Catòlics i identifica-hi els reis. Descriu com era el vestuari de les persones de la cort a la fi del segle XV.
7. Llegeix el text següent i respon les preguntes.

   A part del fet que, d'ara endavant, Castella i Aragó tindrien els mateixos monarques, no hi hauria en teoria cap canvi ni en la seva estructura ni en la forma dels seus governs. L'única diferència residia en el fet que ara ja no serien rivals, sinó associats.

   La unió de les Corones estava considerada, doncs, com una unió entre iguals, cadascun dels quals conservava les seves institucions i la seva forma de vida pròpia.

   Traduït i adaptat de: J. H. Elliott, *La España imperial, 1469-1716*. Círculo de Lectores, 1997.

   — Quin canvi es va produir a Castella i Aragó amb el matrimoni dels seus monarques? Quin tipus d'unió es va establir entre les dues Corones? Per què?

2. La construcció de l'Estat modern

Els Reis Catòlics van crear un Estat modern, com els que s'estaven instaurant en altres països europeus, en el qual la monarquia autoritària es va imposar al poder de la noblesa.

2.1. Les noves institucions

Les **Corts** van perviure en tots dos regnes, però es van reorganitzar o es van crear institucions administratives i jurídiques noves per reforçar el poder autoritari dels reis. A **Castella** van destacar el Consell Reial, la Reial Audiència, la Santa Hermandad, el virrei i el corregidor. A la **Corona d'Aragó** es van crear el Consell d'Aragó, la Reial Audiència i els càrrecs de virrei i lloctinent.

2.2. L'expansió territorial

Els Reis Catòlics van tenir una clara voluntat d'expandir els seus dominis i d'unir els territoris de la Península, que van incorporar a la **Corona de Castella.**

- El 1492, després de deu anys de guerra, van conquerir el **regne de Granada,** últim territori musulmà en la Península.
- El 1496 van finalitzar la conquesta de les **illes Canàries,** amb la incorporació de Tenerife.
- El 1512 el rei Ferran II va annexionar **Navarra.**

2.3. La unificació religiosa

La unificació religiosa i la difusió del cristianisme van ser objectius prioritaris dels monarques. En aquest sentit, van prendre tres decisions importants:

- El 1478 van establir el **Tribunal de la Inquisició a Castella,** que ja existia a Aragó des de l'Edat Mitjana. El seu objectiu era perseguir qualsevol mostra d'heretgia i les pràctiques religioses no cristianes.
- Van obligar els **jueus** a convertir-se al cristianisme, després d'anys de persecució. Finalment, el 1492, es va decretar la seva **expulsió** de la Península.
- El 1502 van obligar els **mudèjars** a batejar-se o abandonar el regne. La majoria d'ells es van convertir en **moriscos.**

2.4. La política exterior

Els reis van seguir una política d'enllaços **matrimonials** per assegurar-se la seva presència a Europa. Així, van casar els seus fills amb prínceps de Portugal –per unificar la Península–, d'Anglaterra i de l'Imperi germànic, per acorralar França, el seu adversari principal al continent.

Així mateix, Ferran va conquerir el **regne de Nàpols** per a la Corona d'Aragó el 1503. Al nord d'Àfrica va conquistar per a Castella **Orà** i **Bugia** el 1509 i **Alger** el 1510.

A aquests territoris cal afegir el descobriment i la conquesta d'Amèrica a partir de 1492, com ja has estudiat.

F. Pradilla, *La rendició de Granada* (1882).

http://links.edebe.com/yzux

Entra al web de RTVE i observa amb tot detall la pintura de F. Pradilla, *La rendició de Granada.* També pots seguir les batalles que van portar a la conquesta del regne de Granada.

Morisc Musulmà batejat en la fe catòlica.

Mudèjar Musulmà que es va quedar a viure al territori peninsular conquerit pels regnes cristians, sense canviar de religió.

J. de Borgoña, *Conquesta d'Orà* (1514).

INSTITUCIONS DE LA MONARQUIA

Òrgans de govern de **Castella**	Òrgans de govern en tots dos regnes	Òrgans de govern de la **Corona d'Aragó**
Corts Tasques consultives	**Virrei** Representant del rei a cada regne de la corona	**Corts** Tasques consultives
Consell Reial Tasques administratives Assessorament dels reis	**Reial Audiència** Tribunals de justícia	**Consell d'Aragó** Òrgan consultiu del rei
Santa Hermandad Manteniment de l'ordre públic		
Corregidor Representant del rei als municipis		

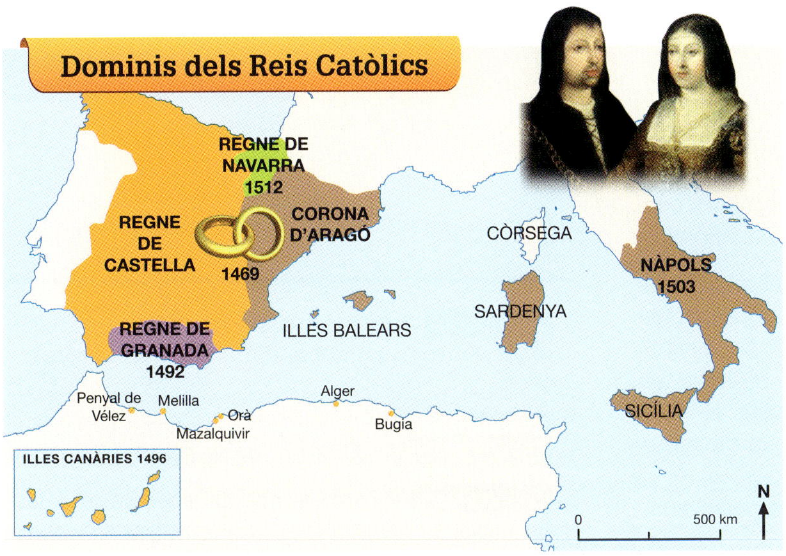

L'expulsió dels jueus

Sabeu que, perquè Nos (els Reis) vam ser informats que hi ha en els nostres regnes alguns mals cristians que judeïtzaven la nostra Sancta Fe Catòlica, procuràrem que es fes la Inquisició, per la qual s'han trobat molts culpables. Per tant Nos, després de molta deliberació, acordem de manar sortir tots els jueus dels nostres regnes, que mai tornin.

Els autoritzem a treure els seus béns per terra, i mar, en tant no sigui or ni plata ni moneda. I perquè ningú pugui al·legar ignorància manem que aquesta Carta sigui pregonada per places i mercats. Donada a Granada a trenta-u de març de 1492.

Traduït i adaptat de: *Edicto de Granada* (decret d'expulsió dels jueus). 1492.

Activitats

8. En grups, elaboreu un esquema sobre la política dels Reis Catòlics per a la formació de l'Estat modern i apliqueu la **tècnica cooperativa** *TGT.*

— Elaboreu fitxes amb les preguntes necessàries per a la comprensió del tema.

— Intercanvieu les fitxes entre els diferents grups.

— Escolliu les fitxes i responeu les preguntes.

9. Quines van ser les noves institucions de la monarquia? Quina funció tenien?

10. Observa el mapa. Quins regnes hi havia en la Península a l'inici del regnat dels Reis Catòlics? A quina corona, Castella o Aragó, van ser incorporats? En quins anys?

— Quins territoris no peninsulars es van incorporar? A quins regnes?

— Cita els territoris que segueixen pertanyent a Espanya i situa els altres en els seus països actuals.

— Quants anys va trigar el territori d'Amèrica a incorporar-se a la monarquia? A quin regne?

11. Llegeix el text sobre l'expulsió dels jueus i raona si és una font primària o secundària.

— Explica com justifiquen els reis la creació del Tribunal de la Inquisició.

— El text diu que el Tribunal ha trobat molts culpables. Què decideixen els reis? A què autoritzen?

— Quan van signar aquest decret? Què acabaven de conquerir? Què va suposar aquesta conquesta per a la unificació territorial i religiosa de la monarquia?

12. Observa la pintura *La rendició de Granada* i respon:

— Quin esdeveniment històric recull la pintura? En quin any va passar? A quina corona es va incorporar? Per què va ser important l'obtenció del seu domini?

— Qui regnava en la monarquia hispànica? En quin lloc de l'obra estan representats? Com els has identificat? Descriu-los.

— En mans de qui estava la ciutat de Granada abans de ser lliurada? On se situen en l'obra? Com els has identificat? Descriu-los.

3. Carles I: un canvi de dinastia

La mort de Ferran II el Catòlic va suposar la proclamació com a rei de Castella i Aragó del seu nét Carles, fill de Joana i Felip d'Habsburg. La seva arribada al tron va posar fi a la dinastia Trastàmara i marcà l'inici de la dinastia dels Habsburg, anomenada també Casa d'Àustria.

P. P. Rubens, *L'emperador Carles V i la seva esposa Isabel de Portugal* (1628-1629).

3.1. L'Imperi de Carles I

Carles d'Habsburg es va convertir en el monarca més poderós d'Europa, gràcies a l'herència que va rebre dels seus avis. Així, va ser proclamat **Carles I de Castella i d'Aragó** l'any 1516, i emperador **Carles V d'Alemanya** el 1519. Després de la seva **abdicació** el 1556, va dividir els seus dominis entre el seu fill Felip i el seu germà Ferran.

3.2. La política interior

Carles I va reunir per primera vegada les **Corones de Castella i Aragó** en una mateixa persona. Així, la monarquia es va convertir en l'element d'unió dels dos regnes, encara que cadascun conservava les seves lleis i institucions pròpies. Castella va ser el regne més influent, ja que era d'on procedia la major part dels recursos econòmics.

El rei havia estat educat a Flandes, per la qual cosa, en arribar a Castella, es va envoltar de consellers flamencs i va marginar la noblesa castellana. A més, va supeditar els interessos de Castella als seus esforços per aconseguir la seva proclamació com a emperador d'Alemanya. Això va generar un gran descontentament que va provocar, el 1520, l'aixecament de les **comunitats,** una revolta antiautoritària de la burgesia urbana. La revolta va ser sufocada per l'exèrcit, però el rei va haver de substituir els consellers estrangers per altres de castellans.

Aquell mateix any es va produir a València i Mallorca la **revolta de les germanies,** que van dur a terme la petita burgesia, els artesans i els camperols, i que també va ser reprimida durament.

Abdicació Acte pel qual un rei cedeix els seus drets sobre la sobirania d'un regne o hi renuncia.

Comunitats Rebel·lió política de les ciutats castellanes contra l'autoritat del rei Carles I.

Germanies Revolta social dels artesans dels gremis, els camperols i la petita burgesia de València i Mallorca contra els privilegis de la noblesa.

3.3. La política exterior

Carles I volia crear un gran imperi europeu catòlic sota el seu mandat. Això va motivar enfrontaments bèl·lics amb:

- **La monarquia francesa.** França era el seu rival principal en la lluita per l'hegemonia al continent, i s'hi va enfrontar diverses vegades durant el seu regnat.
- **L'Imperi turc.** Els turcs otomans estaven en expansió per l'est d'Europa i per la Mediterrània. Els contactes de la flota turca amb els pirates barbarescos del nord d'Àfrica perjudicaven el tràfic comercial a la Mediterrània occidental i amenaçaven les poblacions costaneres, atacades periòdicament pels pirates. Carles I va frenar-ne l'expansió conquerint Tunísia el 1535, però va perdre les ofensives següents, per la qual cosa l'amenaça turca va perviure a la Mediterrània.
- **Els prínceps alemanys protestants.** S'hi va enfrontar per defensar la seva idea d'un imperi catòlic. Després de nombroses batalles, la Pau d'Augsburg va establir, el 1555, la llibertat religiosa a Alemanya.

Anònim, *La presa de Tunísia* (segle XVIII).

L'herència de Carles I

Carles I va heretar dels seus avis materns, els Reis Catòlics, les Corones de Castella i Aragó, amb totes les seves possessions a Amèrica i la Mediterrània.

Dels seus avis paterns, l'emperador alemany Maximilià d'Àustria i Maria de Borgonya, va heretar els Països Baixos, el Franc Comtat, Luxemburg, Àustria i el dret al tron de l'Imperi germànic, pel qual es va convertir en l'emperador Carles V d'Alemanya l'any 1519.

A aquesta herència va afegir els territoris que va conquerir al Milanesat i la Mediterrània.

En 1556 Carles I va abdicar en el seu fill Felip II i va dividir els seus dominis entre el seu fill i el seu germà Ferran. Al seu germà li va llegar Àustria i el títol d'emperador, juntament amb els seus territoris. La resta de les seves possessions van ser per a Felip.

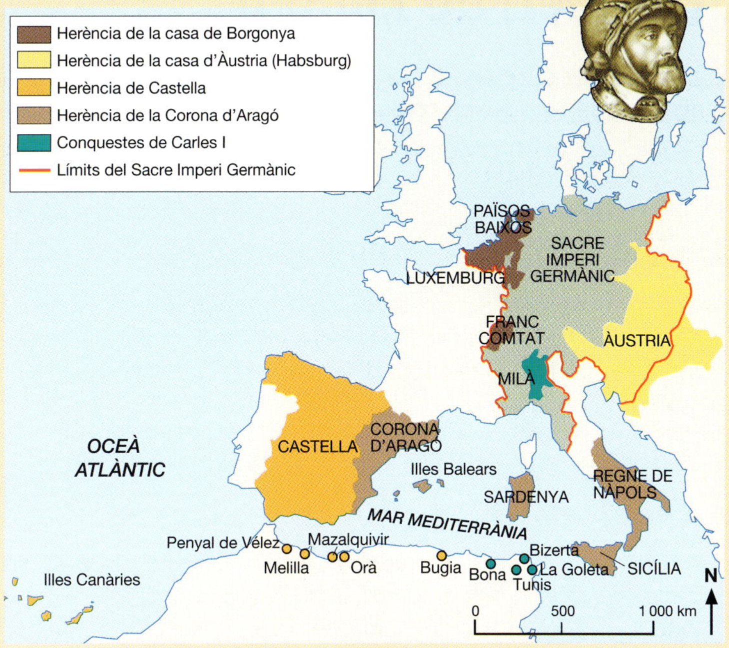

Ticià, *L'emperador Carles V a la batalla de Mühlberg* (1548).

La unitat de l'Imperi

Es tractava solament de conferir a l'emperador una autoritat moral sobre els prínceps cristians a fi de mantenir la unitat cultural de la cristiandat, o bé es procurava arribar a una Europa unificada políticament sota el comandament de Carles V [Carles I d'Espanya], la monarquia universal? La discussió no té sentit: la unitat religiosa de la cristiandat s'estava desfent definitivament al segle XVI, i les nacions modernes en vies de formació es resistien a sotmetre's a una autoritat supranacional de qualsevol tipus; fins i tot a Espanya, la idea de veure's sotmesa a l'Imperi va trobar una resistència tenaç i primerenca; els comuners la van rebutjar amb les armes a la mà.

Traduït i adaptat de: J. Pérez, «Expansión europea», a *Historia de España 6. Historia 16*, extra XVIII, 1981.

Activitats

13. La coronació de Carles I va suposar un canvi de dinastia en els regnes de Castella i Aragó. Per què?

14. A partir de la informació del mapa i del text sobre l'herència de Carles I, elabora un esquema sobre la procedència dels territoris en els quals regnava.

— Quin altre territori va heretar que no surt al mapa? Quins territoris va conquerir i va afegir als seus dominis?

15. Elabora un esquema sobre la política exterior de Carles I.

+ **16.** Llegeix el text de J. Pérez i respon les preguntes.

— Quin va ser el gran propòsit de Carles I sobre l'Imperi? A quins problemes es va enfrontar a Europa?

— Per què la unitat religiosa de la cristiandat s'estava desfent al segle XVI?

— Amb quins problemes es va trobar a Espanya?

17. Llegeix el text, consulta l'enllaç i respon les preguntes:

@ http://links.edebe.com/aet

2. Que, de conformitat amb les lleis i ordenances del regne i amb els antics costums, Sa Majestat no acorda ni ofici ni benefici ni comandament ni pensió ni càrrega als estrangers, sinó solament als castellans nascuts i residents en el regne.

5. Que de cap manera es paga als estrangers cap mena de suma en els seus regnes, ja que cadascun dels altres regnes i principats posseeix el seu Estat, susceptible de mantenir els seus connacionals.

Instruccions enviades per la comunitat de Burgos (agost de 1520) als seus representants de la Junta d'Àvila.

— Què va ser l'aixecament de les comunitats? On es va produir? Què demanaven els comuners al rei? Com va acabar la seva rebel·lió?

4. L'Imperi de Felip II

Felip II va succeir el seu pare Carles I el 1556 i va regnar fins a la mort el 1598. El 1580 va incorporar, al territori que havia heretat, Portugal i les seves colònies, en morir el seu rei sense descendència. L'Imperi hispànic s'estenia per tot el món.

4.1. Política exterior

Felip II es va haver d'enfrontar a diversos conflictes per mantenir l'hegemonia de l'Imperi i defensar l'ortodòxia catòlica a Europa.

- La rivalitat amb **França,** heretada de Carles I, va acabar amb la victòria espanyola a la **batalla de Sant Quintí** (1557) i la signatura de la **Pau de Cateau-Cambrésis** (1559).
- La revolta protestant dels **Països Baixos,** iniciada el 1566 per Guillem d'Orange, qüestionava l'autoritat monàrquica i la unitat religiosa. Va finalitzar amb la separació de les províncies catòliques del sud, sota domini espanyol, i les protestants del nord, independents (1581).
- La lluita contra l'**Imperi turc,** que seguia amenaçant la Mediterrània occidental. Espanya va liderar, al costat del Papat i Venècia, una aliança, la Santa Lliga, que va derrotar l'armada turca a la **batalla de Lepant** (1571).
- L'enfrontament amb **Anglaterra** pel seu suport als protestants europeus i pel control de les rutes de l'Atlàntic i la supremacia naval. Felip II hi va enviar una flota, l'**Armada Invencible,** que va ser derrotada per l'armada anglesa i per un enorme temporal l'any 1588.

F. Castello, N. Granello, L. Tavarone, *Batalla de Sant Quintí* (1590-1591). Madrid, Reial Monestir de San Lorenzo d'El Escorial.

4.2. Política interior

Felip II es va ocupar personalment dels assumptes d'Estat. Va instaurar la **cort** de manera permanent a **Madrid** (1561). Va intentar aïllar Espanya d'influències estrangeres, prohibint la importació de llibres i impedint que els espanyols anessin a estudiar a universitats d'altres països.

Va ser el gran defensor del catolicisme. Sota el seu regnat, la **Inquisició** va perseguir les desviacions de la doctrina catòlica. Arran d'aquesta política es va produir la **revolta morisca** de les Alpujarras el 1568, en defensa dels seus costums i pràctiques religioses. Tres anys després va ser sufocada per les tropes del rei.

L'inici de la crisi econòmica

L'agricultura espanyola era poc productiva. La **ramaderia** era potent, però la gran majoria de la **llana** es destinava a l'exportació, pel fet que la **indústria** d'aquest producte estava molt poc desenvolupada. L'**or** i la **plata** que arribaven d'Amèrica es gastaven en la **compra de productes europeus,** per la qual cosa aquestes riqueses anaven a parar a les mans de comerciants i banquers estrangers.

A mitjan segle XVI es van manifestar els primers símptomes de **crisi econòmica.** L'explotació de les colònies americanes havia impulsat l'economia, però les enormes despeses de la monarquia, que havia de mantenir l'Imperi i fer front a nombroses guerres (per problemes heretats en bona part del seu pare), van provocar un augment dels impostos i la demanda de crèdits a banquers estrangers. Finalment la Hisenda espanyola va entrar en **fallida.**

Ticià, *Felip II* (1551).

La crisi econòmica i el deute

Durant els anys noranta hi ha nombrosos indicis que l'economia castellana estava a la vora del col·lapse, atesa l'extorsió inexorable que imposaven les aventures imperials de Felip II. L'aparentment inesgotable flux de plata americana havia temptat el rei a llançar-se a vastes empreses que devoraven els seus ingressos i augmentaven la muntanya dels seus deutes: es diu que solament l'Armada Invencible li va costar deu milions de ducats. Menys d'una quarta part dels ingressos anuals del rei procedien dels enviaments de plata americana. La resta procedia d'**emprèstits** o es cobria amb la recaptació d'impostos, el pes dels quals suportava principalment Castella. El 29 de novembre de 1596, Felip II va repetir l'expedient de 1575 i va suspendre tots els pagaments als seus banquers. La Corona havia anat novament a la fallida.

Traduït i adaptat de: J. H. Elliott, *La España imperial, 1469-1716*. Cercle de Lectors, 1997.

Emprèstit Préstec que rep l'Estat, o una empresa, en forma de títols negociables o al portador.

Fallida Situació de ruïna econòmica per la qual un Estat o un particular no pot afrontar els pagaments que deu perquè són superiors a la riquesa que posseeix.

Activitats

18. Observa el mapa i respon les preguntes.

- Sobre quins territoris regnava Carles I? Quines terres va afegir Felip II a l'Imperi hispànic? Quins territoris va perdre Felip II respecte de l'Imperi del seu pare? Per quin motiu?
- Raona si l'afirmació següent és correcta: «En l'Imperi de Felip II no es ponia mai el sol».

19. Compara els regnats de Carles I i Felip II.

- En arribar a Castella, Carles I es va envoltar de consellers flamencs. Què va fer Felip II en ser proclamat rei?
- Quina importància va tenir la religió en la política de tots dos? En quins conflictes es va reflectir?
- En quins fets van centrar la seva política interior?
- Quins conflictes exteriors van ser comuns a tots dos?

20. Elabora un esquema sobre la política exterior de Felip II.

21. Aplica la **rutina de pensament** *penso, m'interessa, investigo* al fresc de *La batalla de Sant Quintí*.

22. Quina era la base de l'economia durant el regnat de Felip II? Per què era poc productiva? Què passava amb l'or i la plata arribats d'Amèrica?

23. + Llegeix el text «La crisi econòmica i el deute» i respon:

- D'on procedien els ingressos anuals de la Corona? En què invertia el rei aquests ingressos? Quines conseqüències tenien aquestes inversions?
- Quan es va produir la fallida? Era la primera? Per què es va arribar a aquesta situació econòmica?

5. El Renaixement a Espanya

Les relacions de la monarquia hispànica amb els regnes italians van fomentar l'expansió del Renaixement a Espanya. Els artistes espanyols es formaven a Itàlia, i els mestres italians treballaven a Espanya. A **Catalunya** aquest estil no es desenvolupà massa.

5.1. Arquitectura

Fins a ben entrat el segle XVI, en l'arquitectura espanyola van conviure les noves tendències renaixentistes amb els estils mudèjar i gòtic, que van seguir essent dominants en les construccions de l'Església, especialment a Catalunya.

En els edificis renaixentistes es poden diferenciar tres subestils: el **plateresc,** el **purista** i l'**herrerià.**

Plateresc

Aquest estil arquitectònic es va desenvolupar en el primer terç del segle XVI. Es va denominar així per la semblança de la decoració que adornava les façanes dels edificis amb el treball dels argenters i els orfebres. Aquesta ornamentació consistia en delicats relleus de tipus vegetal, capitells corintis, escuts i medallons.

La màxima expressió d'aquest estil es troba a **Salamanca,** amb exemples com la Casa de las Conchas, la façana de la universitat, la catedral nova i el Palau de Monterrey, de **Rodrigo Gil de Hontañón.**

Casa de las Conchas (Salamanca). 1493-1517.

Purista

Durant el segon terç del segle XVI, van proliferar les obres d'estil purista, caracteritzat per la simplificació de l'arquitectura, per una major preocupació pels elements espacials, les estructures i les proporcions, i per la progressiva eliminació de la decoració. Estava més inspirat en els models clàssics italians.

Entre les construccions d'aquest estil, destaquen el Palau de Carles V a Granada, de **Pedro Machuca,** i l'Hospital de Tavera, a Toledo, d'**Alonso de Covarrubias.**

A. de Covarrubias, Hospital de Tavera (Toledo). 1541.

Herrerià

L'estil herrerià es va desenvolupar durant l'últim terç del segle XVI. Es tracta d'una arquitectura més sòbria i geomètrica, que destaca per la seva simplicitat i austeritat, pràcticament sense elements decoratius, i pel seu caràcter monumental.

Sobresurt el Reial Monestir de San Lorenzo d'El Escorial, obra de **Juan de Herrera.** Es va construir per mandat de Felip II, i va ser l'emblema de la grandesa de la monarquia catòlica hispànica.

J. de Herrera, Reial Monestir de San Lorenzo d'El Escorial (Madrid). 1563-1584.

5.2. Escultura i pintura

L'escultura i la pintura es van caracteritzar per l'assimilació de les formes italianes, tot i que les temàtiques mitològica i profana van ser substituïdes per unes altres que reflectien **sentiments religiosos** i espirituals.

En **escultura** cal assenyalar les imatges religioses treballades en fusta policroma, i els sepulcres de pedra i marbre. Van sobresortir artistes com Alonso Berruguete i Juan de Juni.

En **pintura** van destacar les obres de temàtica religiosa de Pedro Berruguete i Joan de Joanes, i els retrats d'Alonso Sánchez Coello i Juan Pantoja de la Cruz.

A. Sánchez Coello, *Infanta Isabel Clara Eugènia* (1579).

D. Forment, retaule del monestir de Poblet (1527-1529).

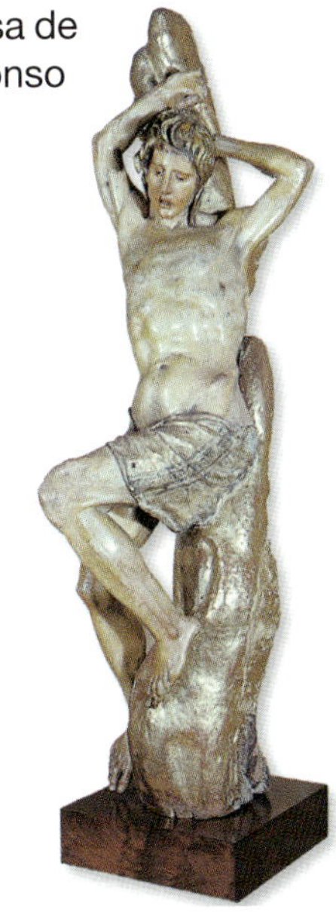

A. Berruguete, *Martiri de sant Sebastià* (1526-1532).

J. de Joanes, *Noces místiques del Venerable Agnesi* (c. 1560).

El Greco, un pintor innovador

Domenicos Theotocopoulos, **El Greco** (1541-1614), va néixer a Creta, tot i que va desenvolupar la seva carrera artística a Toledo. El seu art té influències bizantines i italianes, i se situa entre el Renaixement i el Barroc.

Amb un estil molt personal, la seva pintura destaca per les figures allargades, que sembla que es deformen, per la complexitat de les composicions i pel joc de llums i ombres. Els personatges prenen una estranya espiritualitat. De la seva extensa obra destaquen *L'enterrament del senyor d'Orgaz, El cavaller de la mà al pit i L'espoli de Crist.*

El Greco, *L'espoli de Crist* (1577-1579).

Activitats

24. Elabora un esquema sobre les característiques del Renaixement espanyol. Anota'n els artistes principals.

25. Identifica en les imatges de l'apartat les característiques que has anotat a l'activitat anterior. Quines diferències hi havia entre la temàtica de l'escultura i la pintura a Espanya i a Itàlia?

26. Per què creus que hem de conservar les obres del Renaixement?

27. Analitza l'obra del Greco *L'espoli de Crist* seguint les pautes establertes a la unitat.

@ http://links.edebe.com/9cxa6

— Quins colors predominen en aquesta pintura? En quina part de la pintura s'observa més llum? On predomina el color fosc?

— Qui són els personatges principals? Com se situen? Són realistes o presenten formes allargades?

El llegat arquitectònic de la monarquia hispànica

Les monarquies, al llarg de la història, han mostrat la seva grandiositat i el seu poder amb la construcció de grans monuments: temples, panteons, castells, alcàssers, palaus…

Un dels símbols de l'esplendor de la monarquia hispànica va ser el **Reial Monestir de San Lorenzo d'El Escorial** (Madrid), fet construir pel rei Felip II per acollir el panteó del seu pare el rei Carles I i dels seus successors.

A més del monestir i el panteó, Felip II va fer aixecar, al mateix edifici, una residència reial, una església i una biblioteca, i va anar-hi a viure bona part de l'any, tot convertint el monument en el centre de l'Imperi espanyol.

Així mateix, amb aquest edifici, va voler commemorar la seva victòria a la batalla de Sant Quintí contra els francesos, que havia tingut lloc el 10 d'agost de 1557, dia de sant Llorenç.

Palau de Felip II

Les estances reials contenen una gran quantitat de pintures, escultures i altres objectes de valor. Saps quines batalles hi ha pintades a la Sala de les Batalles?

Panteó Reial

Situat sota la capella major de la basílica. Saps quins reis estan enterrats al panteó?

Basílica

Part central del monument, al voltant de la qual es va construir la resta de les dependències. Quines característiques artístiques té?

Monestir

San Lorenzo el Real va néixer com un monestir. Saps quin orde el regentava?

Col·legi dels Agustins

Quin orde regenta el monestir avui dia?

Entrada principal i pati dels reis

L'entrada, construïda segons els cànons renaixentistes inspirats en l'Antiguitat clàssica, comunica amb un gran pati. Quines mesures té?

Biblioteca

Conté més de 75 000 volums, entre llibres, manuscrits, gravats… Saps què representen els frescos del sostre de volta?

Palau de Carles V a Granada

Carles V i la seva esposa Isabel de Portugal van viure en l'Alhambra de Granada. Per complementar les estances reials de l'Alhambra, Carles V va ordenar construir un palau que expressés el seu poder com a emperador.

Altres monuments reials

La monarquia hispànica era itinerant, és a dir, la cort no residia en un lloc fix, sinó que es traslladava d'una ciutat a una altra, fins que Felip II la va establir a Madrid.

Aquests trasllats continus van ser la causa que al llarg del territori es construïssin alcàssers, palaus i cases de camp, com a llocs de residència i d'oci. Sobresurten els alcàssers de Madrid i Toledo i els palaus del Pardo, Aranjuez i Valsaín.

En coneixes algun més?

Palau reial d'Aranjuez (Madrid).

@

Reial Monestir de San Lorenzo d'El Escorial (Madrid)

http://links.edebe.com/6k
http://links.edebe.com/gnr6z
http://links.edebe.com/kynfj
http://links.edebe.com/yufu

Palau de Carles V (Granada)

http://links.edebe.com/r9fe

Alcàsser de Toledo

http://links.edebe.com/9qt4

Altres palaus de la monarquia hispànica

http://links.edebe.com/gjdh

Cre@ctivitat: Elaborar un arbre genealògic

Al Reial Monestir de San Lorenzo d'El Escorial es troba el Panteó dels Reis de la monarquia hispànica. Quina relació tenien els reis que hi ha enterrats? Un arbre genealògic et pot resoldre aquest dubte.

El web següent permet elaborar arbres genealògics amb diverses generacions (avis, fills, néts) i indicar els matrimonis, les dates de naixement i mort, etc.

www.familyecho.com/#edit:START

» En grups, busqueu informació sobre la monarquia hispànica, des dels Reis Catòlics fins a Felip II (dates de naixement, matrimoni i mort, noms dels fills i els cònjuges), i elaboreu un arbre genealògic. Us ajudarà a entendre, per exemple, de quina manera els enllaços matrimonials dels Reis Catòlics van influir en la seva política exterior.

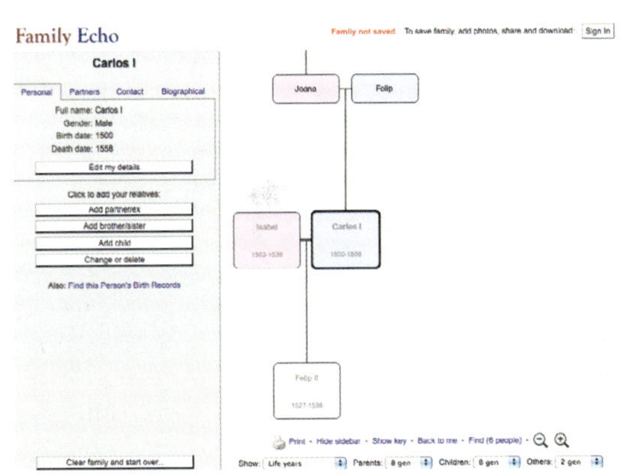

Aprèn a Analitzar mapes històrics

Un **mapa històric** és una representació gràfica en la qual se situen geogràficament esdeveniments del passat: els límits dels diferents regnes o Estats, les batalles d'una guerra, les rutes comercials...

Al mateix temps, és un **mapa temàtic** que representa fets i realitats polítiques, econòmiques, socials i culturals, com ara les importacions i exportacions d'un país, les ciutats amb més població o els principals centres arqueològics.

Generalment, la informació que ens aporta es plasma en una sèrie de **símbols** que formen part de la **llegenda** del mapa i que cal llegir amb atenció.

Aquests símbols han de ser significatius del que representen, perquè la seva lectura sigui fàcil.

Per analitzar un mapa històric, com per exemple el dels dominis dels Reis Catòlics, segueix els passos següents.

Mètode	Aplicació
Lectura	
» **Títol.** Ens indica el tema que es representa. » **Llegenda.** Ofereix, per mitjà de **símbols,** la informació necessària per interpretar el mapa: límits territorials, batalles, dates... Poden ser codis de colors, abreviatures o signes.	» **Dominis dels Reis Catòlics a Europa i Àfrica.** El mapa ofereix informació sobre els territoris pertanyents a les Corones de Castella i Aragó en els continents europeu i africà. » Els **codis de colors** ens indiquen el territori pertanyent a cada Corona. Els **anells encreuats** signifiquen que en aquests territoris hi ha hagut una unió matrimonial o dinàstica, la qual cosa pot donar lloc a una unió territorial dels dos regnes. Els **anys** indiquen el moment en què s'han produït les annexions territorials.
Interpretació	
» Situar i descriure l'**àmbit geogràfic** i l'**època històrica** a la qual es refereix. » Indicar si es tracta d'un **mapa estàtic** o **dinàmic.** » Descriure la **situació política** i **territorial,** com ara els regnes o Estats existents. Indicar els **fets polítics, socials, econòmics** o **culturals** que hi apareixen, com ara invasions, aliances, batalles, ciutats importants, centres econòmics, monestirs, etc. » **Relacionar** la informació del mapa amb els propis coneixements i, si és necessari, consultar informació nova.	» **Àmbit geogràfic:** península Ibèrica i part del sud d'Europa i del nord d'Àfrica. **Cronologia:** últim terç del segle XV, després del matrimoni dels Reis Catòlics el 1469. » És un **mapa dinàmic,** ja que, encara que representa un moment concret (el matrimoni dels Reis Catòlics), també ens indica com evoluciona la història, en produir-se canvis en els dominis territorials, marcats amb les dates. » El mapa **descriu** els regnes que hi havia a la península Ibèrica en l'últim terç del segle XV i les seves expansions posteriors. Així mateix, indica una unió matrimonial o dinàstica entre regnes. » El 1469 es van casar els hereus dels trons de Castella i Aragó, Isabel i Ferran, els futurs Reis Catòlics. Així es va consumar una unió dinàstica entre els seus regnes respectius, però no va ser una fusió de les dues Corones, ja que cadascuna d'elles va conservar les seves fronteres, lleis i institucions pròpies.
Anàlisi	
» Redactar una **anàlisi** amb la interpretació global del mapa.	» El mapa representa la **situació política** i **territorial de la península Ibèrica el 1469,** l'any del matrimoni dels futurs Isabel I de Castella i Ferran II d'Aragó. Així, veiem que la Península està formada pel regne de Castella, el regne de Navarra, el regne de Granada i la Corona d'Aragó, que té possessions a la mar Mediterrània (illes Balears, Sardenya i Sicília). Castella incorporarà al seu domini el regne de Granada el 1492, les illes Canàries el 1496, el regne de Navarra el 1512 i diferents places al nord d'Àfrica. Així mateix, la Corona d'Aragó incorporarà Nàpols el 1503.

Dominis dels Reis Catòlics

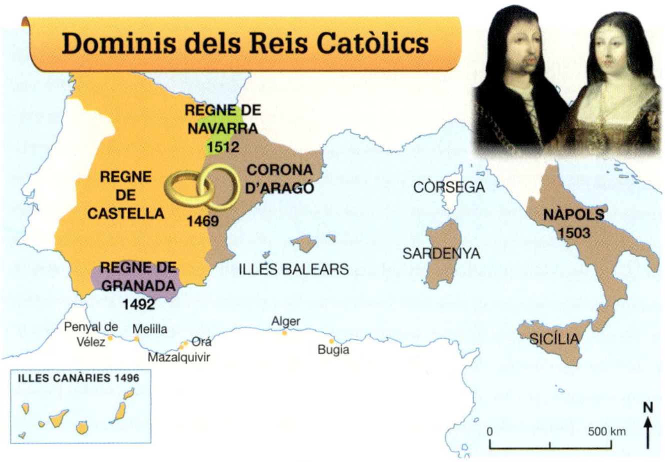

Mapes estàtics i dinàmics

Bàsicament, hi ha dos tipus de mapes històrics:

— Els **mapes estàtics** són aquells que expliquen la situació històrica d'un moment concret. En la majoria d'ells es representen les zones controlades pels diferents Estats o societats per mitjà de taques de colors.

— Els **mapes dinàmics** són els que representen l'evolució d'una situació històrica i els canvis que s'han produït. Solen portar símbols basats en fletxes que indiquen moviments, a més d'altres codis de colors i signes per assenyalar expansions, conquestes o pèrdues territorials.

Principals símbols en els mapes històrics

Les **fletxes** indiquen moviments.

Les **línies contínues** marquen límits o fronteres.

Les **línies discontínues** indiquen zones d'expansió temporal o de resistència.

Les **línies corbes amb puntes** assenyalen resistència, defensa organitzada o bloqueig.

Les **línies amb un dibuix geomètric** solen assenyalar una muralla o una línia de defensa.

Dues **línies rectes paral·leles** solen indicar una aliança entre dos països.

Una **foguera** adverteix d'un aixecament, rebel·lió o motí.

Dues **espases encreuades** assenyalen l'indret d'una batalla.

Dos **anells encreuats** representen una unió matrimonial o dinàstica.

Una **circumferència amb una creu** indica un centre religiós cristià: monestir, abadia o convent.

Un **codi de color** indica un Estat o regió i en marca la frontera. També pot assenyalar expansió territorial.

Activitats

1 Elabora una anàlisi del mapa històric de la dreta, tot aplicant el procediment descrit a la pàgina anterior.

- Indica'n l'àmbit geogràfic i l'època històrica.
- Justifica si és un mapa estàtic o dinàmic.
- Descriu-ne la situació política i territorial.
- Redacta una anàlisi del mapa.

L'Europa de Carles I

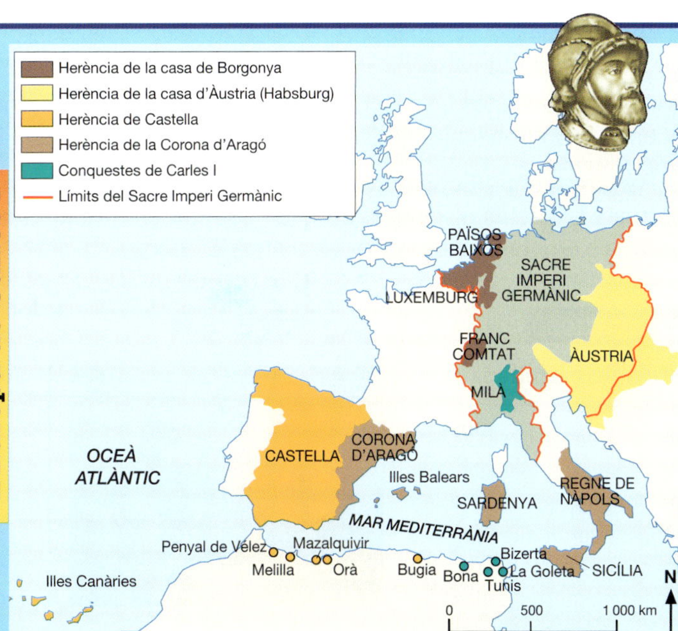

- Per resumir la unitat, completa al teu quadern l'esquema següent. T'ajudarà a estudiar.

MONARQUIA HISPÀNICA

- **Unió dinàstica** → **Reis Catòlics** → Creació de l'Estat modern
  - Noves institucions
  - ....
  - ....
  - Política exterior
- **Imperi**
  - ....
    - Política interior
      - ....
      - Revolta de les germanies
    - ....
      - Lluita contra:
        - França
        - ....
        - Protestants alemanys
  - ....
    - ....
      - Persecució religiosa
      - Revolta morisca
      - Crisi econòmica: ....
    - Política exterior
      - Lluita contra:
        - França (victòria a Sant Quintí)
        - ....
        - .... (victòria a Lepant)
        - Anglaterra (derrota de ....)

Dades clau

- El matrimoni entre Isabel I de Castella i Ferran II d'Aragó va donar lloc a una unió dinàstica entre els dos regnes. Aquesta unió va consolidar la monarquia hispànica i va crear les bases per a la formació d'un Estat modern.
- Carles I, nét dels Reis Catòlics, va ser el primer rei de Castella i Aragó. També va obtenir el títol d'emperador Carles V d'Alemanya, per la qual cosa es va convertir en el monarca més poderós d'Europa.
- Felip II, fill de Carles I, va incorporar a la seva herència els dominis portuguesos. Va haver d'afrontar diverses guerres a Europa i a la Mediterrània i una crisi econòmica a Espanya.
- El Renaixement a Espanya va assimilar les característiques del d'Itàlia, tot i que amb singularitats pròpies, com ara els estils plateresc, purista i herrerià en arquitectura o la temàtica religiosa en pintura i escultura. Entre els artistes, va destacar un pintor: El Greco.

Personatges

Comuners castellans (1520-1521)
Habitants de les ciutats castellanes, liderats per Padilla, Bravo i Maldonado, que el 1520 van protagonitzar una revolta antisenyorial (comunitats) contra la política imperial de Carles I.

Juan de Herrera (1530-1597)
Arquitecte, matemàtic i geòmetra, està considerat un dels principals artistes del Renaixement espanyol. Va destacar per la construcció del Monestir d'El Escorial i va donar nom a l'estil arquitectònic herrerià.

Activitats finals

1. Classifica els esdeveniments següents a la taula.

Derrota de l'Armada Invencible
conquesta del regne de Granada
aixecament de les comunitats - revolta de les germanies
matrimoni d'Isabel i Ferran - conquesta de Tunísia
expulsió dels jueus - Pau d'Augsburg - revolta morisca
batalla de Lepant - annexió de Navarra - calvinisme
conquesta del regne de Nàpols - Pau de Cateau
Cambrésis - revolta protestant dels Països Baixos

Reis Catòlics	Carles I	Felip II
....	....	....

2. Elabora un eix cronològic amb els esdeveniments de l'activitat anterior. Situa a l'eix l'arribada al tron de cada rei.

3. Llegeix el text a. Justifica si és una font primària o secundària, i situa'l cronològicament.

— Els autors exposen tres aspectes del rei que fan referència a la política interior, a la política exterior i al conflicte religiós. Identifica-les al text.

— Com es defineix el rei en cadascun d'aquests aspectes?

4. Llegeix el text b. Justifica si és una font primària o secundària, i situa'l cronològicament.

— Relaciona el text amb la política exterior de Felip II. A quin conflicte fa referència? Què és la «gran armada»?

— Quins són els temors del rei? Quines són les causes a les quals es refereix? Com va acabar l'enfrontament? Per què?

5. @ Analitza la pintura d'El Greco *L'enterrament del senyor d'Orgaz*. Pots consultar el web www.santotome.org

— Anota el títol, l'autor i el gènere al qual pertany.

— Quin suport i quin material s'hi ha utilitzat?

— Com és la composició? Quina part representa el Cel i quina la Terra? Com se situen els personatges?

— Fixa't en els colors i en la llum. En quina part de la pintura s'observa més llum? On predomina el color fosc? Hi ha alguna excepció en la part més fosca? Què significa aquesta diferència de llum i color?

— Observa les figures. Són realistes o presenten formes allargades? Qui són els personatges principals?

— Interpreta l'estil i el significat de la pintura.

Ara resulta fàcil comprendre per què no s'ha traçat un retrat de Carles V. Francament, no se sabria quin proposar: si el del jove senyor «borgonyó» que desembarca a Espanya, un país que no coneix i del qual no parla la llengua, per prendre possessió d'una Corona discutida (la seva mare encara era viva!), acompanyat d'una colla de cortesans àvids i superficials, que acumula en uns mesos nombrosos errors polítics i que provoca l'esclat d'una gran rebel·lió; o el de l'emperador-cavaller, combatent de Pavia, o de Tunísia, o de Mühlberg; o el de l'humanista erasmià, preocupat per la concòrdia dels prínceps cristians, que busca durant molt de temps, per mitjà de la convocatòria al Concili, restablir la unitat religiosa d'Occident, amenaçada pels turcs.

Traduït i adaptat de: B. Bennassar i J. Jacquart, *Historia moderna. El siglo XVI*. Akal, 1980.

a

Bé es veu que és molt aventurar navegar amb gran armada a l'hivern, i més per aquell canal i sense tenir port cert. Mes les altres causes que fan prendre aquesta resolució vénen a ser de més pes.

Traduït de: Carta de Felip II al seu nebot Albert, virrei de Portugal (setembre de 1587).

b

El Greco, *L'enterrament del senyor d'Orgaz* (1586-1588). Oli sobre tela. 480 x 360 cm. Toledo, església de Santo Tomé.

Posa a prova les teves competències

Redactar un text sobre el regnat dels Reis Catòlics

1. Imagina't que ets un cronista de la cort dels Reis Catòlics i que has d'escriure una crònica sobre el seu regnat per a les properes generacions. Utilitza els termes següents.

Regne de Castella - Corona d'Aragó - matrimoni - Corts - Navarra - unió dinàstica – virrei
Reis Catòlics - monarquia hispànica - Estat modern - 1469 - Consell d'Aragó - Granada
Tribunal de la Inquisició - Reial Audiència - expulsió dels jueus - Nàpols - Consell Reial
Santa Hermandad - Canàries - enllaços matrimonials - Amèrica - corregidor - conversió dels mudèjars

Interpretar textos i identificar mapes sobre la monarquia hispànica

2. Llegeix el text, observa els mapes següents i respon les preguntes.

A la península Ibèrica l'associació de les corones de Castella i Aragó en les figures de Ferran II d'Aragó (1452-1516) i Isabel I de Castella (1451-1504) significa no solament l'inici de l'esplendor per a Espanya (incorporació de Granada, Navarra, les illes Canàries, els territoris descoberts al continent americà i Nàpols), sinó un avenç cap a la integració dels diferents regnes peninsulars sota el domini d'un únic monarca, una circumstància que es donarà per primera vegada en la figura de Carles I (1516-1556), nét i hereu dels Reis Catòlics, així com dels territoris dels Països Baixos, Luxemburg, el Franc Comtat i Àustria i del títol d'emperador del Sacre Imperi Romà Germànic.

Felip II va governar sobre un vastíssim conjunt de territoris europeus integrat per les corones de Castella i Aragó, Navarra, el Rosselló, el Franc Comtat, els Països Baixos, Sicília, Sardenya, el Milanesat i Nàpols. A més dels extensos dominis europeus i mediterranis, Felip II dominava un vast territori atlàntic, que incloïa Portugal, tota l'Amèrica descoberta i les Filipines.

Traduït i adaptat de: F. Navarro i altres, *Historia Universal. Atlas histórico*. Vol. 21. Salvat, 2004.

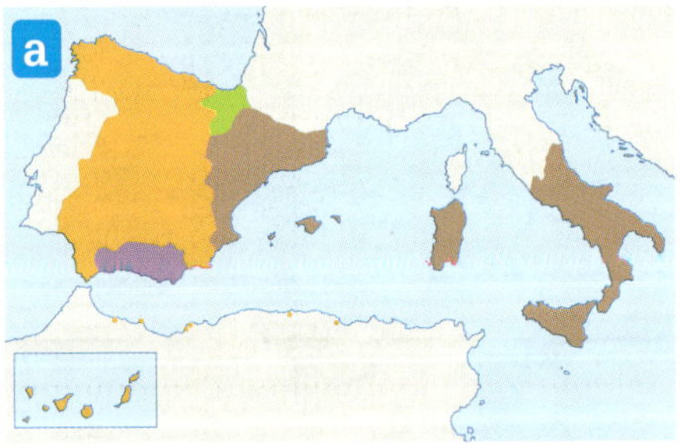

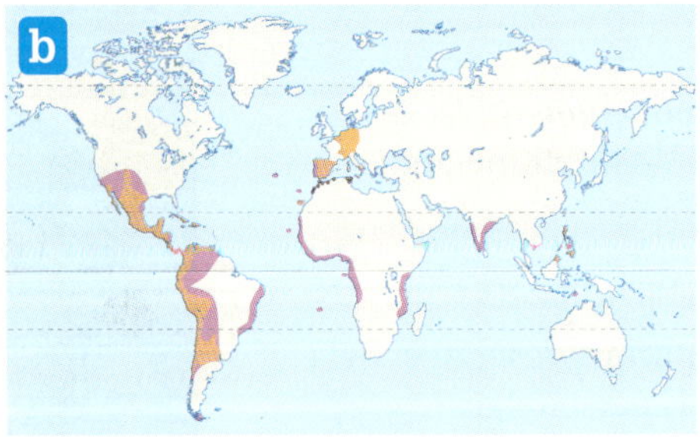

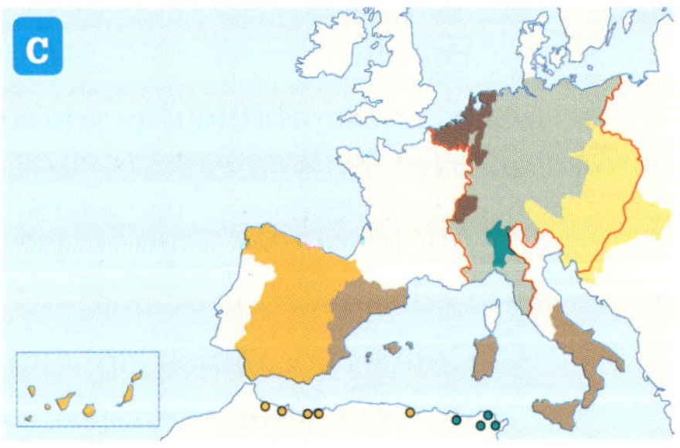

- Relaciona cadascun dels mapes amb els monarques que apareixen al text.
- Ordena cronològicament els mapes.
- Dibuixa al teu quadern el mapa de l'etapa dels Reis Catòlics i anota el nom dels territoris que formaven part de les corones de Castella i d'Aragó. Quin territori castellà no es veu al mapa?
- Quins territoris va heretar Carles I dels seus avis materns i paterns?
- Quins territoris va heretar Felip II del seu pare? Quins va incorporar ell a l'Imperi?

Analitzar textos sobre l'Imperi de Felip II

3. Llegeix els textos següents i justifica si són fonts primàries o secundàries. Situa'ls cronològicament.

a

Entès està que d'una arrova de llana que als estrangers costa quinze reals, fan obratge de tapisseries i altres draps i coses treballades fora d'Espanya, que tornen igualment a ella, per valor de més de quinze ducats, i per la seda crua en madeixa de dos ducats que els costa la lliura, fan rasos de Florència i velluts de Gènova, teles de Milà i d'altres que en treuen aprofitament de més de vint ducats; i en el ferro i acer, del que els costa un ducat fan: frens, tenalles, martells, escopetes, espases, dagues i altres que en treuen més de vint ducats. I el remei per a això és vedar que no surtin del regne mercaderies per treballar, ni entrin en ell mercaderies treballades. Amb això és vist que els mercaders estrangers vindran a comprar el que els falta a les seves terres, i com ara paguen per l'arrova de llana quinze reals, pagaran per l'obra que d'ella resultés quinze ducats, i així en tota la resta.

Traduït i adaptat de: L. Ortiz, «Memorial a Felipe II». Valladolid, 1558.

b

Paral·lelament a l'hegemonia i extensió de l'Imperi espanyol, s'anaven establint les bases de la seva ensulsiada econòmica. Les guerres que es mantenien per tot Europa van significar una sagnia contínua en les arques de la Hisenda. El 1557, Felip II es va veure obligat a suspendre pagaments: va ser la primera fallida del seu regnat en un moment en què es jugava el resultat de la guerra contra França. El 1560 la guerra a la Mediterrània contra els pirates dessagnava la Hisenda. El 1575, amb la guerra a Flandes i el dèficit econòmic després de Lepant, la Hisenda tornava a estar en nombres vermells. El 1596, després del desastre de l'Armada Invencible, el fracàs de la invasió de França i l'estancament dels terços a Flandes, la situació ja va ser insostenible. Solament quedava suspendre pagaments.

Traduït i adaptat de: J. Lynch, *Felipe II y la transformación del Estado*. El País, 2007.

— Quin és la idea principal del text a? En què es basava l'economia espanyola en aquella època? Quins canvis suggeria l'autor que s'introduïssin en l'economia?

— Quina és la idea principal del text b? Quines van ser les causes de la fallida de l'Estat? A quines guerres es refereix el text? Com van acabar aquestes guerres per a Espanya?

— Quin any va ser la primera fallida? Quin any va ser escrit el text a? Relaciona els dos textos.

Analitzar una obra d'art

4. Quins dels elements artístics següents identifiques a la façana de la Universitat de Salamanca?

sobrietat - simplificació - relleus de tipus vegetal
abundància decorativa - geometria
columnes i capitells - decoració amb escuts
monumentalitat - medallons

— A quin subestil renaixentista correspon: plateresc, purista o herrerià? Per què es va denominar així?

Reflexiona

Diari d'aprenentatge

— Què has après sobre els Reis Catòlics i la formació de la monarquia hispànica?

— Què t'ha costat més entendre d'aquesta unitat? Què t'ha resultat més fàcil? Per què?

— Sabries reconèixer una pintura d'El Greco? I un edifici renaixentista plateresc o herrerià?

4 L'Europa del segle XVII

El segle XVII va ser per a Europa una època de contrastos i contradiccions que van posar en evidència la seva diversitat. La monarquia hispànica, que era llavors la potència hegemònica al continent, va anar perdent aquesta condició en favor de França, on es va consolidar l'absolutisme.

Aquestes contradiccions es van manifestar en terrenys diversos. En l'economia, es van combinar etapes de crisi i penúria per a la població amb d'altres de creixement comercial. En la cultura, mentre es posaven les bases d'un pensament científic racional, el Barroc es va consagrar com un moviment cultural complex.

» CONTINGUTS

Rutina de pensament

PRINCIPI, MIG, FINAL

- Observa atentament la imatge i deixa volar la imaginació.
- Si aquesta imatge fos l'inici d'una història, què podria passar a continuació?
- En el cas que la imatge estigués al mig d'una història, què podria haver passat abans? Què podria passar després?
- Finalment, si aquesta imatge fos el final d'una història, en què consistiria aquesta història imaginada?

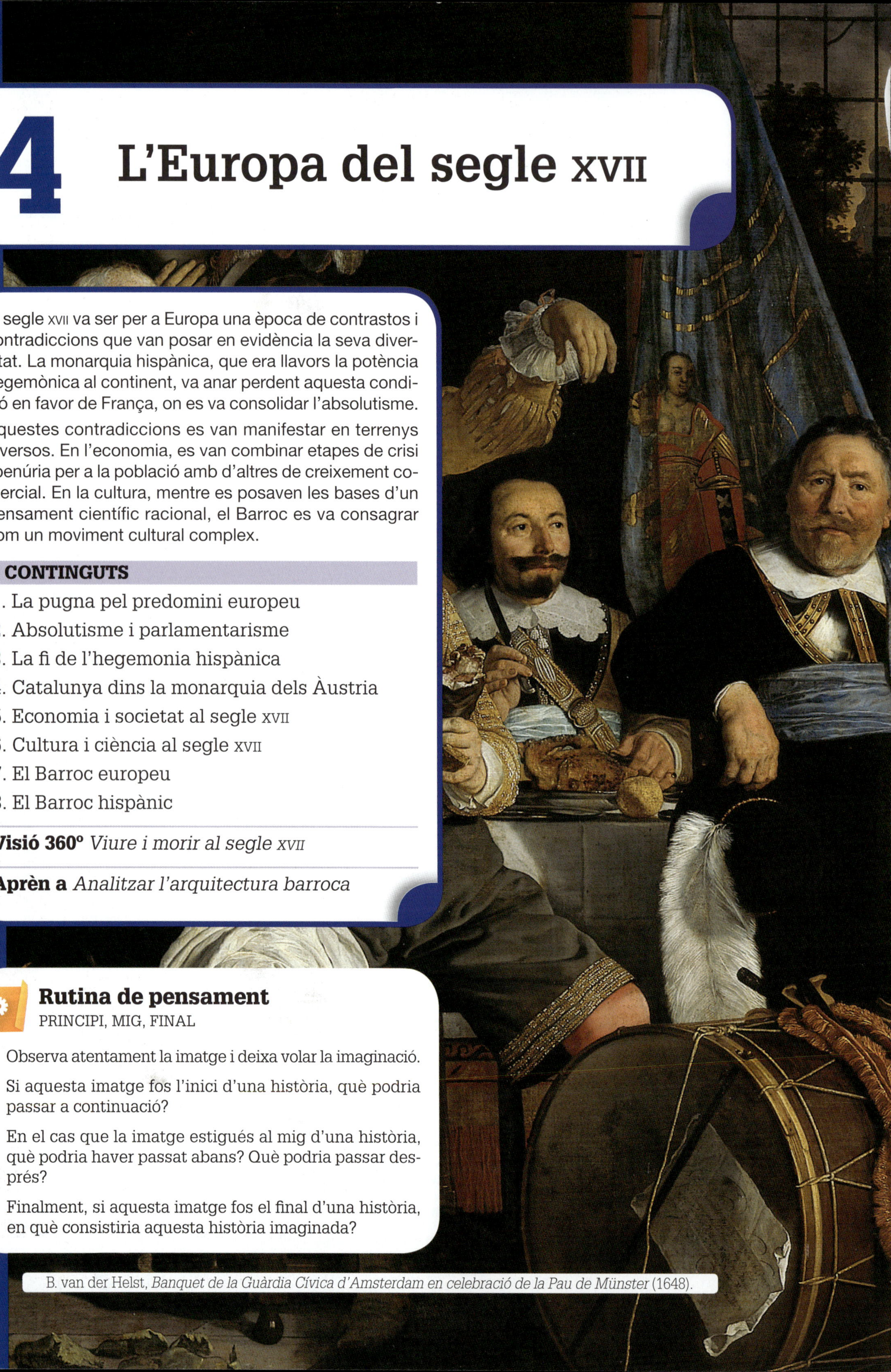

B. van der Helst, *Banquet de la Guàrdia Cívica d'Amsterdam en celebració de la Pau de Münster* (1648).

Eix cronològic

1. La pugna pel predomini europeu

Durant el segle XVII, l'hegemonia de la monarquia hispànica a Europa es va veure qüestionada. Després de la primera gran guerra europea (la guerra dels Trenta Anys), França es va convertir en la gran potència i es va buscar un sistema d'equilibris entre la resta dels països.

1.1. Europa dividida i enfrontada

En iniciar-se el segle XVII, Europa estava dividida en molts Estats. Predominaven dues dinasties regnants: els Habsburg, amb dues branques (l'espanyola i l'austríaca), i els Borbó, a França. La monarquia hispànica mantenia l'hegemonia, però una França puixant intentava arrabassar-l'hi.

Així doncs, les guerres, per motius religiosos, dinàstics o territorials, van ser freqüents durant el segle XVII. La més llarga, que va marcar el canvi d'hegemonia, va ser la **guerra dels Trenta Anys** (1618-1648). Es va iniciar com un enfrontament religiós i polític entre els principats que formaven l'Imperi germànic, però ràpidament es va convertir en una gran guerra en la qual van participar les principals potències i que va assolar Europa amb mortalitat, gana i misèria.

L'emperador Ferran II d'Habsburg volia convertir el seu imperi en un gran Estat centralitzat i catòlic. Per a això comptava amb el suport d'Espanya, amb reis que pertanyien a la mateixa dinastia. No obstant això, els prínceps protestants alemanys desitjaven conservar la seva autonomia i es van oposar a l'emperador. Tenien el suport de Dinamarca i Suècia, també protestants, i de França, que tot i que era un Estat catòlic, volia impedir l'hegemonia dels Habsburg a Europa.

Després d'alguns èxits inicials, els Habsburg van ser derrotats i van acceptar la **Pau de Westfàlia** (1648), malgrat que l'enfrontament francoespanyol va continuar fins a la signatura del Tractat dels Pirineus (1659).

1.2. El nou equilibri continental

Des del punt de vista global, la guerra dels Trenta Anys va tenir unes conseqüències enormes per als països europeus:

- **Conseqüències territorials.** Alguns països (França, Suècia, Baviera) van obtenir guanys territorials. A més, les Províncies Unides dels Països Baixos i Suïssa es van independitzar.
- **Conseqüències polítiques.** Es va produir l'enfonsament internacional de la casa d'Habsburg, amb la pèrdua de l'hegemonia espanyola i el debilitament del paper de l'emperador germànic. Es va posar així fi a l'ideal imperial cristià; a més, l'ascens de França com a gran potència europea va consagrar la preeminència del model de monarquia absoluta.

  Així mateix, tots els països es van proposar mantenir l'equilibri europeu, per la qual cosa, a la segona meitat del segle XVII (i també durant el segle següent), es van succeir diversos conflictes per evitar que França trenqués aquest equilibri.
- **Conseqüències religioses.** Ferran II va reconèixer la llibertat religiosa dels nombrosos Estats que integraven l'Imperi germànic, amb la qual cosa es va posar fi als conflictes politicoreligiosos.

La defenestració de Praga

El 1618, davant el temor de veure's obligats a convertir-se al catolicisme, alguns nobles protestants de Bohèmia van llançar per la finestra els ambaixadors del nou emperador, Ferran II. Aquest succés, conegut com la defenestració de Praga, va significar l'inici de la guerra dels Trenta Anys.

Un saqueig durant la guerra dels Trenta Anys

Cada soldat suec tenia una missió, totes relacionades amb la destrucció i el saqueig. Mentre uns preparaven carn, rostint-la per a un divertit banquet, uns altres van escorcollar la casa de dalt a baix. Uns altres van fer grans fardells amb les robes, els vestits i altres estris domèstics; i el que no es pensaven portar ho van destruir. Van destrossar els atuells de coure i estany i van empaquetar els metalls retorçats i fets miques. Van fer una foguera amb llits, taules, cadires i bancs. La nostra criada va ser tractada de tal manera a l'estable que produeix rubor haver de referir-ho!

Adaptat de: H. J. C. von Grimmelshausen, *Simplicius Simplicissimus*. 1668.

G. ter Borch, *Signatura del Tractat de Münster* (1648). Aquest acord internacional és un dels tractats que es van signar en la Pau de Westfàlia.

S. Vrancx, *El saqueig de Wommelgem* (1630).

Europa després de la Pau de Westfàlia i el Tractat dels Pirineus

Activitats

1. Per què afirmem que Europa estava dividida i enfrontada al segle XVII? Quines dinasties dominaven Europa? Quin era l'origen de cadascuna?

2. @ Investiga la guerra dels Trenta Anys i prepara una presentació animada que inclogui els aspectes següents: països participants, causes del conflicte, fases de la guerra i tractats que hi van posar fi.

3. Aplica la **rutina de pensament** *deu vegades dues* al quadre *El saqueig de Wommelgem.*

4. + Llegeix el text de *Simplicius Simplicissimus* i respon:
   - Quina escena descriu el text?
   - De quina manera va afectar la guerra la població alemanya?
   - En les guerres actuals, es produeixen fets com aquests? Argumenta la teva resposta.

5. Observa el mapa d'Europa i respon:
   - Quins territoris pertanyien als Habsburg? I als Borbó?
   - Quins Estats van créixer territorialment després de la guerra dels Trenta Anys? Hi va haver algun país que s'independitzés?
   - Quines van ser les conseqüències del Tractat dels Pirineus?

2. Absolutisme i parlamentarisme

Durant el segle XVII, en la majoria dels Estats europeus es va produir la transició de la monarquia autoritària a la monarquia absoluta. No obstant això, en alguns països es va consolidar un sistema alternatiu: el parlamentarisme.

2.1. La monarquia absoluta

En aquest segle nombrosos monarques europeus van augmentar el seu poder, de manera que, progressivament, les monarquies autoritàries es van anar transformant en un nou sistema polític: l'absolutisme. Aquest sistema es basava en:

- **Dret diví.** Els monarques eren considerats representants de Déu, per la qual cosa no havien de justificar les seves decisions ni davant les persones ni davant les institucions.
- **Centralisme.** Els reis concentraven tots els poders en la seva persona: legislaven, governaven, dirigien la justícia...
- **Burocràcia.** Per governar, els reis eren auxiliats per ministres, consellers i secretaris, que dirigien un gran nombre de funcionaris.

L'exemple més representatiu de monarquia absoluta va ser la **França** de **Lluís XIV,** conegut com el Rei Sol. Aquest rei creia que la seva autoritat provenia directament de Déu (el que es coneix com a dret diví) i que, per tant, només havia de justificar les seves decisions davant Déu, i no davant el poble o la noblesa. Lluís XIV va exercir un govern directe, ja que va centralitzar en la seva persona totes les decisions, va assumir tots els poders i es va dotar de funcionaris fidels a la cort i a les administracions territorials (els intendents).

2.2. L'inici del parlamentarisme

Malgrat l'extensió de l'absolutisme per les monarquies europees, en alguns països es va consolidar el poder del Parlament i es va afeblir el del monarca.

El cas més notable de parlamentarisme va ser el d'Anglaterra: el Parlament anglès va afermar el seu poder davant del rei, i fins i tot va arribar a enderrocar Carles I després d'una guerra civil, la qual cosa va donar pas a la instauració temporal d'una República.

Una mostra significativa del poder d'aquesta institució es va produir l'any 1679, quan el Parlament va imposar al rei Carles II la llei d'*habeas corpus*, que va posar fi a les detencions arbitràries, ja que obligava les autoritats a presentar qualsevol detingut davant un tribunal.

L'any 1688 Jaume II va intentar imitar l'absolutisme de Lluís XIV i imposar la religió catòlica als seus súbdits. El Parlament va reaccionar destronant el monarca i coronant la seva filla Maria, casada amb el príncep holandès Guillem d'Orange, fets que es coneixen com la Gloriosa Revolució. El nou monarca es va comprometre a respectar la **Declaració de Drets** *(Bill of Rights)*, la qual cosa va confirmar legalment la supremacia del Parlament sobre el rei (de fet, es va establir una **monarquia parlamentària**), la separació de poders i els drets individuals.

Monarquies feudals, autoritàries i absolutes

Durant l'Edat Mitjana, amb la **monarquia feudal,** el rei i els nobles tenien pràcticament el mateix poder.

A principis de l'Edat Moderna, amb la **monarquia autoritària,** el rei va imposar el seu poder als nobles, però compartia la seva autoritat amb institucions com les Corts.

Amb la **monarquia absoluta,** el poder que posseïa el rei estava per sobre dels nobles i de les institucions.

H. Rigaud, *Lluís XIV* (1701). El monarca francès apareix representat amb els símbols del seu poder: la corona (a), el ceptre (b), el mantell reial (c) i l'espasa (d).

A favor de l'absolutisme

Sempre he seguit el mateix camí: voler estar informat de tot, escoltar les peticions i queixes dels meus ínfims súbdits. Conèixer el nombre de tropes i l'estat de les meves places fortes, tractar directament amb els ministres estrangers [...]. Organitzar el sistema del meu Estat. [...] Distribuir les gràcies segons el meu judici; conservar l'autoritat solament en mi mateix i mantenir els que em servien amb una modèstia molt allunyada de l'elevació dels primers ministres.

Traduït de: Lluís XIV, *Memòries sobre l'art de governar*.

En contra de l'absolutisme

1. Que el pretès poder de suspendre les lleis i l'aplicació d'aquestes, sense el consentiment del Parlament, és il·legal.

4. Que tot cobrament d'impost en benefici de la Corona o per al seu ús, sense consentiment del Parlament, és il·legal.

9. Que les llibertats d'expressió, discussió i actuació al Parlament no poden ser jutjades ni investigades per cap altre tribunal.

13. Que, per enfortir i afirmar les lleis, és necessari que el Parlament es reuneixi amb freqüència.

Traduït i adaptat de: *Bill of Rights*. 1689.

El sistema polític absolutista

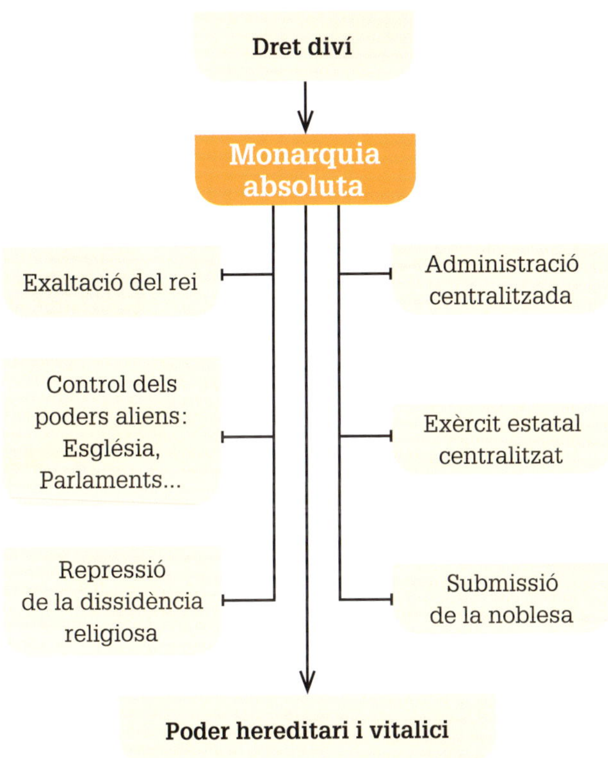

L'oposició al poder

Durant el segle XVII, violents conflictes van enfrontar els països en guerres d'abast internacional, però també, altres vegades, els habitants d'un mateix Estat entre si. En la majoria dels casos aquestes **revolucions i revoltes** van ser conseqüència de l'oposició de determinats territoris o grups socials a les tendències centralitzadores i enfortidores del poder de l'Estat, que es va combinar amb el malestar per la pobresa i els impostos. Una de les revoltes més conegudes va ser la **Fronda** (revolta) francesa, entre 1648 i 1654, quan els Parlaments (tribunals de justícia) i els nobles van liderar l'oposició al govern del rei.

Atac popular al president del Parlament de París. F. X. Dupré, *Mathieu Molé resistint els facciosos en la jornada de les barricades durant la Fronda* (c. 1871).

Activitats

6. Llegeix els dos textos de dalt i respon:

— Què significa l'afirmació de Lluís XIV: «Conservar l'autoritat solament en mi mateix»?

— De quina manera condicionaven l'actuació del monarca anglès els articles 1 i 13 de la *Bill of Rights?*

— Aquests articles són favorables o contraris a l'absolutisme? Per què? Argumenta la teva resposta.

7. A partir de l'esquema, redacta un resum de les característiques principals de l'absolutisme. Valora si es pot considerar un sistema democràtic.

8. Observa la pintura de Rigaud i respon:

— Qui és el protagonista de la pintura? Amb quin àlies se'l coneix?

— Descriu la indumentària i els símbols del monarca. Quina imatge es dóna del rei?

9. En grup, prepareu i escenifiqueu una entrevista al rei Lluís XIV. Elaboreu preguntes i respostes relacionades amb la seva condició de monarca absolutista.

10. Investiga i redacta les biografies de Carles I d'Anglaterra i d'Oliver Cromwell.

3. La fi de l'hegemonia hispànica

La monarquia hispànica va experimentar un declivi al llarg del segle XVII, afectada per les limitacions dels reis, per les dificultats de governar territoris dispersos i diversos i, com ja has vist, per la rivalitat amb França a Europa.

3.1. Els Àustria menors

Al segle XVI havien regnat amb notable eficàcia Carles I i Felip II. Al llarg del segle XVII es van succeir en el tron hispànic **Felip III** (1598-1621), **Felipe IV** (1621-1665) i **Carles II** (1665-1700), coneguts com els Àustria (o Habsburg) menors.

Aquests monarques, a diferència dels seus predecessors, tenien una personalitat feble. A més, van delegar el govern en **privats** com el duc de Lerma o el comte-duc d'Olivares.

3.2. La decadència de la monarquia

La monarquia hispànica era un **Estat complex i divers,** integrat per diferents territoris que, si bé compartien rei, disposaven de lleis i institucions pròpies, així com llengües diferents. El desenvolupament del govern absolutista es va veure limitat per aquestes circumstàncies.

El duc de Lerma, privat de Felip III, va promoure una política pacificadora, especialment a Flandes (Treva dels Dotze Anys, 1609), per fer front a la **crisi econòmica** espanyola. No obstant això, el comte-duc d'Olivares, privat de Felipe IV, va intentar restaurar l'hegemonia hispànica amb la **Unió d'Armes** (1626), un projecte unificador pel qual els diversos regnes havien d'aportar soldats i pagar més impostos.

El comte-duc d'Olivares pretenia transformar un imperi format per diversos regnes en un sol Estat amb les mateixes lleis i institucions (les de Castella). Això va provocar **revoltes** contra el centralisme a **Catalunya** (guerra dels Segadors) i **Portugal** el 1640; després, la crisi es va estendre a **Nàpols, Aragó** i **Andalusia.**

3.3. La crisi: guerra i canvi dinàstic

A la fi del segle XVII, la monarquia hispànica va experimentar una gran crisi, que va conduir a una guerra (la **guerra de Successió,** 1701-1713) i a la fi de la dinastia dels Àustria, que van ser substituïts pels Borbó.

El rei Carles II no va tenir descendència, i hi havia dos candidats a succeir-lo: l'arxiduc Carles d'Àustria i Felip d'Anjou, de la dinastia Borbó. Carles II va designar com a successor aquest últim. Però davant de la possibilitat d'una futura unió d'Espanya i França, la resta de les potències es van aliar per donar suport a Carles d'Àustria.

La guerra també va enfrontar els regnes hispànics: Castella va donar suport a Felip d'Anjou, i la Corona d'Aragó, recelosa de l'absolutisme i el centralisme dels reis francesos, a Carles d'Àustria.

La guerra va durar fins a 1713 (Pau d'Utrecht), però va continuar a Catalunya fins a 1714 i a Mallorca fins a 1715. Amb la coronació de Felip V, es va instaurar la dinastia dels Borbó i va començar l'establiment de l'absolutisme centralista.

Els monarques hispànics

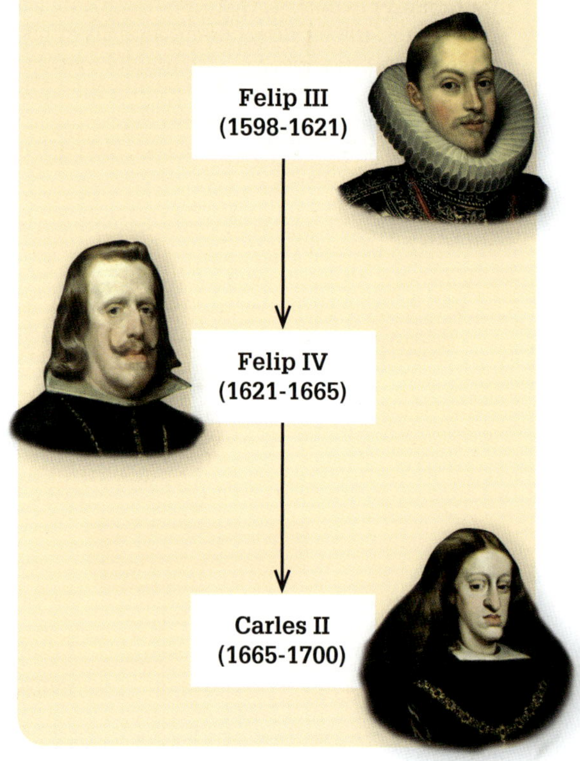

El govern dels privats

Durant el segle XVII els monarques van fer una delegació de poders en persones de la seva confiança, conegudes com **privats** o ***validos.*** Eren alts **aristòcrates cortesans** propers al rei, que els atorgava tota la confiança. Tanmateix, utilitzaven el poder en benefici propi i la corrupció era molt descarada. A més, en aquella època les **Corts van perdre poder,** ja que amb prou feines van ser convocades, per evitar la seva oposició a les polítiques aplicades. Felip III va tenir com privats, successivament, el **duc de Lerma** i el seu fill, el duc d'Uceda. Amb la coronació de Felip IV, el rei va delegar el poder en Gaspar de Guzmán, **comte-duc d'Olivares.**

D. Velázquez, *Gaspar de Guzmán, comte-duc d'Olivares, a cavall* (1634).

D. Velázquez, *La rendició de Breda* (1635). El quadre mostra el moment en què, amb la ciutat de Breda sota les flames (a), Justí de Nassau (b), governador de Breda, fa lliurament de la clau de la ciutat (c), en senyal de derrota, a Ambrosio de Spínola (d), comandant de les tropes hispàniques, acompanyats dels soldats holandesos (e) i dels oficials i les tropes espanyoles (f), respectivament.

Unió d'Armes

Territoris	Soldats
Castella i les Índies	44 000
Catalunya	16 000
Portugal	16 000
Nàpols	16 000
Flandes	12 000
Aragó	10 000
Milà	8 000
València	6 000
Sicília	6 000
Illes	6 000

L'expulsió dels moriscos

Felip III va decretar l'expulsió de la població morisca (és a dir, els musulmans convertits al cristianisme), que es va dur a terme entre 1609 i 1613. Com a conseqüència, uns 300 000 moriscos van abandonar la Península, la qual cosa va perjudicar notablement l'economia de territoris com València, Aragó i Múrcia.

Activitats

11. Sintetitza en un esquema les causes de la decadència de la monarquia hispànica al segle XVII.

12. Qui eren els privats? Com governaven? Quins van ser els privats més importants?

@ **13.** Reprèn l'arbre genealògic que vas elaborar a la unitat 3 i completa'l amb els Àustria menors.

14. Llegeix el poema següent de Francisco de Quevedo.

Todos al Conde, a mi ver, / se quejan por varios modos; / y pues de él se quejan todos, / razón deben de tener.

— A quin comte deu fer referència Quevedo?

— De quines mesures creus que es devien queixar?

15. A partir de la taula sobre la Unió d'Armes, explica en què consistia aquest projecte d'Olivares.

— Quin territori peninsular havia de contribuir amb més soldats? Per què?

— Quins territoris de fora de la Península hi havien de contribuir també? Quin havia d'aportar més soldats?

+ **16.** Investiga la crisi de 1640 i redacta un resum d'alguna de les revoltes anticentralistes.

@ **17.** Consulta les pàgines web següents i respon:

http://links.edebe.com/ykyrj

http://links.edebe.com/vmwvz8

— A quin rei va succeir Felip V? Pertanyien a la mateixa dinastia?

— Quin procés violent es va produir? Quines conseqüències va tenir la seva arribada al tron?

4. Catalunya dins la monarquia dels Àustria

Tot i que el **segle XVI** fou un període de **relativa prosperitat,** gran part de la població vivia en condicions precàries, sobretot al camp, i la pirateria i el bandolerisme eren problemes greus, com també els enfrontaments entre sectors de la noblesa, i d'aquesta amb la Corona. Tot això provocà **tensions socials** que esclataren en revoltes com les de Barcelona de 1520. Cap al darrer terç del segle XVI l'enfrontament de les institucions catalanes amb la monarquia s'agreujà, sobretot per la forta **pressió fiscal** per finançar les guerres imperials.

A mesura que la monarquia dels Àustria es reforçava, Catalunya anava perdent pes polític. La Generalitat era sols un òrgan administratiu, ja que el **virrei** i el **lloctinent** exercien el poder en nom del rei, i les Corts i d'altres institucions tenien pocs recursos per enfrontar-se a les exigències de la Corona.

4. 1. Crisi econòmica i política

Catalunya també va patir la crisi general que va afectar Europa al **segle XVII.** Continuava sent un país molt **poc poblat** i amb zones deshabitades. A més, es van produir èpoques de **males collites,** que van provocar **fam.** El comerç mediterrani va perdre pes a favor del comerç amb Amèrica, del qual els ports catalans estaven exclosos.

La fam i la manca de recursos es van agreujar per les contínues **guerres** amb França i per la presència de tropes hispàniques en territori català, que la pagesia havia de mantenir de manera obligatòria.

En l'aspecte polític, les relacions de Catalunya amb la monarquia hispànica van empitjorar al llarg del segle. L'**autoritarisme** creixent dels Àustria, els intents de **centralització** del poder en favor de Castella, impulsat pel comte-duc d'Olivares, i la **marginació** creixent dels territoris de la Corona d'Aragó van comportar l'esclat de conflictes que, fins i tot, van arribar a l'extrem de l'enfrontament armat, com la guerra dels Segadors.

4. 2. La revolta de 1640: guerra dels Segadors

Catalunya va ser un dels escenaris de la **guerra dels Trenta Anys** entre les monarquies francesa i hispànica. L'obligatorietat de la pagesia d'allotjar els terços (tropes hispàniques), i els abusos i els robatoris que cometien van provocar un gran malestar al camp.

D'altra banda, com ja hem vist, les relacions entre les institucions catalanes i la monarquia hispànica estaven molt deteriorades. En aquest context, el juny de 1640 es produïren els fets del **Corpus de Sang,** quan 500 segadors entraren a Barcelona i saquejaren les institucions monàrquiques. La Generalitat i el Consell de Cent es van afegir a la revolta. Així doncs, la **revolta catalana de 1640** va ser, alhora, una protesta de la pagesia contra el poder senyorial i una revolta de les classes dirigents catalanes contra el procés centralitzador de la monarquia.

Durant la guerra dels Segadors (1640-1652), Catalunya es vinculà al **regne de França.** Però el desgast dels anys de guerra i la comprovació que la monarquia francesa era tant o més uniformitzadora que la hispànica van provocar que s'acceptés la sobirania del rei Felip IV. La guerra d'Espanya amb França continuà fins al 1659, quan es va signar el **tractat dels Pirineus.** Aquest tractat suposà per a Catalunya la pèrdua del Rosselló i part de la Cerdanya, que passaren a ser territori francès.

La societat catalana a l'Edat Moderna

La societat, igual que a la resta d'Europa, continuava sent **estamental.**
Sectors privilegiats eren la noblesa i el clergat. Part de la noblesa s'emparentà amb la noblesa castellana i s'integrà a la Cort, mentre que la baixa noblesa rural s'empobrí a causa de la crisi que reduí les rendes senyorials. Malgrat tot, alguns mercaders i pagesos rics van poder accedir a la petita noblesa.
Els **sectors populars** eren molt diversos. La burgesia (artesans i mercaders) va perdre el pes que havia adquirit a l'Edat Mitjana, a causa de la davallada del comerç per la Mediterrània; la pagesia constituïa la majoria de la població i gràcies a la sentència arbitral de Guadalupe molts remences van millorar la seva situació, encara que continuaven sent nombrosos els petits arrendataris i jornalers que subsistien precàriament.

L'allotjament dels terços

Els soldats [...], enfortits en la permissió, no hi havia insult que no trobessin lícit: recorrien lliurement la campanya sense diferenciar-la del país contrari, fent malbé els fruits, robant el bestiar, oprimint les localitats. [...] Els uns atemptaven contra la hisenda, dissipant-la; els altres, contra la vida, anant-hi en contra, i molts actuaven atroçment contra l'honor de qui els mantenia i servia.

Traduït i adaptat de: *Guerra de Cataluña,* de F. M. de Melo, militar portuguès al servei del rei espanyol Felip IV.

A. Estruch, *Corpus de Sang* (1907).

4.3. La fi de la Corona d'Aragó

Tal com ja saps, la guerra de Successió (1701-1714), iniciada després de la mort de Carles II d'Àustria, va suposar un enfrontament entre els regnes hispànics. Castella va donar suport al candidat de Carles II, Felip V de Borbó, mentre que la Corona d'Aragó era partidària de Carles d'Àustria.

Després de diversos anys de guerra, finalment Carles d'Àustria es va retirar i les tropes borbòniques van arribar a Barcelona, que va ser assetjada durant catorze mesos. Sota la direcció del conseller en cap Rafael de Casanova, 5 500 homes van resistir fins que l'**11 de setembre de 1714** es va produir l'assalt final de Felip V a la ciutat.

Les conseqüències de l'ocupació van ser immediates: se suprimiren les institucions polítiques catalanes (Consell de Cent i Generalitat) i, mitjançant el **decret de Nova Planta,** s'imposà a tots els territoris de la Corona d'Aragó el model administratiu castellà. Així es posava fi de manera definitiva a la Corona d'Aragó com a entitat independent.

Presa de Barcelona per les tropes de Felip V de Borbó (11 setembre 1714).

El decret de Nova Planta

NUEVA PLANTA DE LA REAL AUDIENCIA DEL PRINCIPADO DE CATALUNA, ESTABLECIDA POR SU MAGESTAD, CON DECRETO DE DIEZ Y SEIS de Enero de mil setecientos y diez y seis.

Publicat el 16 de gener de 1716, pretenia sotmetre el Principat de Catalunya al nou rei Felip V de Borbó. El 1707 ja s'havien publicat decrets semblants a València, Aragó i Mallorca. El nou règim polític reforçava el poder militar sobre el civil i excloïa la representació de la societat catalana.

- Les principals institucions de Catalunya (Diputació del General, Consell de Cent...) foren abolides. Tanmateix es mantingué el dret civil català, encara avui vigent.
- El castellà fou declarat l'única llengua oficial i la cultura catalana inicià una etapa de relativa decadència, tot i que la llengua continuà viva entre les classes populars.

@

http://links.edebe.com/xcad4h

Dades sobre la guerra dels Segadors i el context sociopolític de l'època a Catalunya.

http://links.edebe.com/xjyj2

Informació sobre la guerra de Successió a Catalunya.

http://links.edebe.com/g59c

http://links.edebe.com/yeku4k

Dades sobre l'aplicació del decret de Nova Planta.

Activitats

18. Fes una taula on es resumeixi la situació política, econòmica i social de la Catalunya del segle XVII. Hi va haver algun canvi respecte del segle XVI?

19. Explica les causes i les conseqüències de la guerra dels Segadors.

20. Llegeix el text sobre els terços. Com van actuar a Catalunya? Justifica per què això influí en la revolta dels Segadors.

21. Què va ser el decret de Nova Planta i on s'aplicà?

22. Consulteu els webs del requadre i en grups de quatre o cinc, prepareu una presentació sobre algun d'aquests temes: guerra dels Segadors, guerra de Successió, decret de Nova Planta. Hi heu d'incloure fonts primàries, il·lustracions i un resum de les dades clau.

- Els grups que han treballat un mateix tema han de posar en comú els seus resultats. Presenteu el treball a classe i responeu les preguntes dels companys.

23. @ Visioneu els minuts 9:50 a 19 d'aquest vídeo i responeu.

http://links.edebe.com/7g6s

- Per què Carles d'Àustria es retirà de la guerra? En quina situació quedaren els regnes de la Corona d'Aragó?
- Quins braços formaven el govern de Barcelona? Qui eren els botiflers? I els vigatans?
- Representeu i debateu a classe els fets que s'hi narren reflectint les posicions dels diferents sectors socials i dels representants de tots els bàndols enfrontats.

24. + La guerra dels Segadors i la de Successió estan estretament lligades a dos dels símbols nacionals catalans. Quins són aquests símbols? Què representen?

- Quina institució política catalana, vigent actualment, va ser dissolta arran del decret de Nova Planta? Quines diferències hi ha entre l'actual i la del segle XVII?

5. Economia i societat al segle XVII

Malgrat les grans transformacions de la política i les relacions internacionals, la situació econòmica i social es va mantenir estancada i sense canvis en la majoria dels països europeus al llarg de tota la centúria.

5.1. L'estancament de la població

Durant el segle XVII, la **població europea,** en general, va romandre pràcticament **estancada,** de manera que es va posar fi a la tendència de creixement constant experimentada durant el segle anterior.

La demografia d'aquests països era la pròpia de l'**Antic Règim;** és a dir, es caracteritzava per una natalitat i una mortalitat elevades. Aquest equilibri entre naixements i defuncions era molt precari i es va veure afectat per diverses **crisis de subsistència,** que feien augmentar fàcilment les taxes de mortalitat.

Les crisis de subsistència eren períodes de gana i empobriment general provocats per les males collites, juntament amb les greus epidèmies (com ara la pesta) i les nombroses guerres.

5.2. L'economia agrícola i comercial

La base de la riquesa econòmica era l'agricultura, que va mantenir les característiques pròpies del feudalisme. És a dir, la propietat de la terra era senyorial (no podia ser venuda), mentre que la **productivitat,** afectada per les males collites, era **escassa** i estava destinada a l'autoconsum.

Encara que el comerç interior dels països era escàs, en aquest segle es va produir un cert **auge econòmic** basat en l'aprofitament de les colònies, de les quals s'obtenien les matèries primeres per **manufacturar-les** en els tallers artesans europeus. A més, el comerç internacional es va veure reforçat per l'impuls de les rutes de l'Atlàntic i l'Índic.

No obstant això, el **dinamisme econòmic** dels països europeus va ser **desigual:** mentre que les ciutats d'**Holanda** i **Anglaterra** florien gràcies a l'artesania i el comerç, Espanya gastava els metalls preciosos a adquirir a l'estranger tot el que necessitava (sense fomentar la producció pròpia).

5.3. La societat estamental

Al segle XVII, la societat europea es va mantenir **jerarquitzada en estaments** d'origen medieval, als quals la població pertanyia des del naixement.

Les diferències essencials entre els estaments consistien en els **privilegis** (com ara no haver de pagar impostos). Mentre que la noblesa i el clergat eren els estaments privilegiats, la resta de la població (és a dir, la majoria diversa de camperols, artesans i burgesos) estava mancada de privilegis.

Malgrat això, la **burgesia** es va consolidar com un grup cada vegada més ric i influent econòmicament, en especial a les ciutats d'Europa on es van desenvolupar el comerç i les manufactures.

Població d'Europa (segle XVII) (en milions de persones)

Zones geogràfiques	Cap a 1600	Cap a 1700
Estats alemanys	15,0	10,0
Estats italians	13,3	12,0
França	18,6	20,0
Illes Britàniques	6,8	9,3
Països Baixos	2,9	3,4
Península Ibèrica	11,3	10,0
Altres països	36,8	44,3
Total	**104,7**	**115,3**

El mercantilisme

Es tracta d'un sistema econòmic que van aplicar els monarques europeus durant els segles XVI i XVII. Es basava en la idea que, perquè un Estat fos ric i poderós, havia de posseir una gran quantitat d'or i plata, i per a això havien de prevaler les exportacions sobre les importacions.

Antic Règim Sistema sociopolític caracteritzat per la societat estamental i l'absolutisme monàrquic.

Manufacturar Produir bens de consum o mercaderies en tallers artesans o fàbriques a partir de matèries primeres.

A dalt: L. Le Nain, *Família camperola* (c. 1642). Esquerra: P. P. Rubens, *Família de Jan Brueghel d'Oude* (1615).

La prosperitat holandesa

Aquesta gent és hàbil, ja que adapten molt bé les coses al seu benefici. No filen, no sembren, no planten, però s'alimenten i vesteixen més bé que molts altres. Els holandesos experimenten i mostren millor que molts altres que pel mar es troba el camí més curt per consolidar, enriquir i desenvolupar un Estat. Si volgués deixar a la posteritat un quadre de la utilitat del comerç, descriuria les ciutats d'Amsterdam i Middelburg en l'estat en què estaven fa 25 o 30 anys i en el que es troben ara: satisfetes de població, mercaderies, or i plata.

Traduït i adaptat de: A. Montchrestien, *Tractat d'economia política*. 1615.

G. A. Berckheyde, *L'antiga Borsa d'Amsterdam* (c. 1670). La Borsa d'Amsterdam va ser fundada el 1602 i està considerada la més antiga del món.

Activitats

25. A partir de les dades sobre la població d'Europa, calcula els percentatges de variació entre 1600 i 1700.

— Quines zones van patir descens?

— Quin esdeveniment va afectar Alemanya?

26. Elabora un esquema sobre les característiques de l'economia a Europa al segle XVII.

27. Llegeix el text sobre la prosperitat holandesa i raona si és una font primària o secundària.

— Quin tret de la manera de ser dels holandesos assenyala l'autor?

— En què es basava la seva economia?

— Quines ciutats destaca? Com les descriu?

28. Observa les dues pintures superiors i descriu-les: els personatges, les positures, les actituds...

— Indica quin estament social representen. Per què?

— Com creus que vivien aquestes famílies?

+ 29. Imagina que pertanys a un dels tres estaments socials del segle XVII. Resumeix en un lema les característiques que el definirien millor.

6. Cultura i ciència al segle XVII

Així com l'inici de l'Edat Moderna va consagrar l'idealisme com a base de la mentalitat renaixentista, el moviment barroc va reflectir amb enorme realisme la incertesa i els contrastos del segle XVII.

6.1. La cultura barroca

Davant de l'harmonia i l'equilibri de l'art renaixentista, la mentalitat barroca va tendir a l'excés imaginatiu i espectacular, amb un gran interès pel **realisme** quotidià. El Barroc va ser un art eminentment religiós, que enaltia la grandesa de l'Església, però també va ser adoptat per les monarquies absolutes, que el van emprar en els seus palaus i en l'urbanisme de les ciutats.

Per la seva amplitud, se'l considera tot un **moviment cultural,** ja que també va abastar camps com la literatura i la música, en els quals va donar unes mostres extraordinàries.

6.2. La ciència moderna

Al segle XVII es van establir les bases de la ciència moderna, fonamentada en dos corrents:

- L'**empirisme,** mètode formulat pel filòsof anglès **Francis Bacon** que es basava en l'**observació** i, sobretot, en l'**experimentació.**
- El **racionalisme,** proposat pel filòsof francès **René Descartes** i que plantejava l'ús exclusiu de la **raó** per assolir el coneixement.

Aquesta renovació va afavorir un gran desenvolupament científic i tècnic. En **ciència,** es van produir grans avenços en els coneixements de les **matemàtiques** (Isaac Newton, Gottfried Leibniz), la **medicina** (William Harvey i la seva teoria sobre la circulació sanguínia el 1628), la **física** (Galileu Galilei, Isaac Newton) i l'astronomia (Johannes Kepler). En **tècnica,** els invents van ser abundants i importants. En destaquen el telescopi, el microscopi, el baròmetre i el termòmetre.

6.3. El Segle d'Or espanyol

Malgrat la decadència de la monarquia hispànica, el segle XVII va ser un període d'esplendor literària i artística, igual que el segle XVI. Aquest període de gairebé dos segles, és conegut com el Segle d'Or. La literatura i l'art van reflectir el poder i les idees de l'Església i de la monarquia absoluta, i al mateix temps van plasmar la realitat social de l'època.

En **literatura** es va popularitzar la novel·la, especialment la picaresca, com una manera de retratar la realitat cruament. Els escriptors més destacats van ser **Miguel de Cervantes** *(El Quixot)* i **Francisco de Quevedo** *(El Buscón)*. Quevedo també va ser un gran poeta, gènere en el qual va competir amb **Luis de Góngora.**

A més, el **teatre** va esdevenir l'espectacle de masses del període, amb autors tan populars i destacats com **Félix Lope de Vega** *(Fuenteovejuna, El perro del hortelano)* i **Pedro Calderón de la Barca** *(El alcalde de Zalamea, La vida es sueño)*.

J. Vermeer, *El geògraf* (1669). Simbolitza el coneixement científic de l'època en la figura d'un savi en el seu gabinet d'estudi.

L'esplendor del teatre

Amb el Barroc, el teatre va assolir la seva màxima esplendor com a gènere literari i com a espectacle en bona part dels països europeus. En edificis específics, com els **patis de *corralas*** (patis interiors dels edificis de veïns) a Espanya o els teatres isabelins a Anglaterra, les companyies d'actors representaven de manera grandiosa una combinació de comèdies i tragèdies molt ben rebudes pel nombrós públic. El considerable desenvolupament del teatre barroc va estar propiciat, al seu torn, per l'auge dels **teatres nacionals:** la Commedia dell'Arte a Itàlia, el Segle d'Or espanyol, Shakespeare i el teatre isabelí, i Molière i la Comédie Française.

William Shakespeare, considerat l'escriptor més important en llengua anglesa.

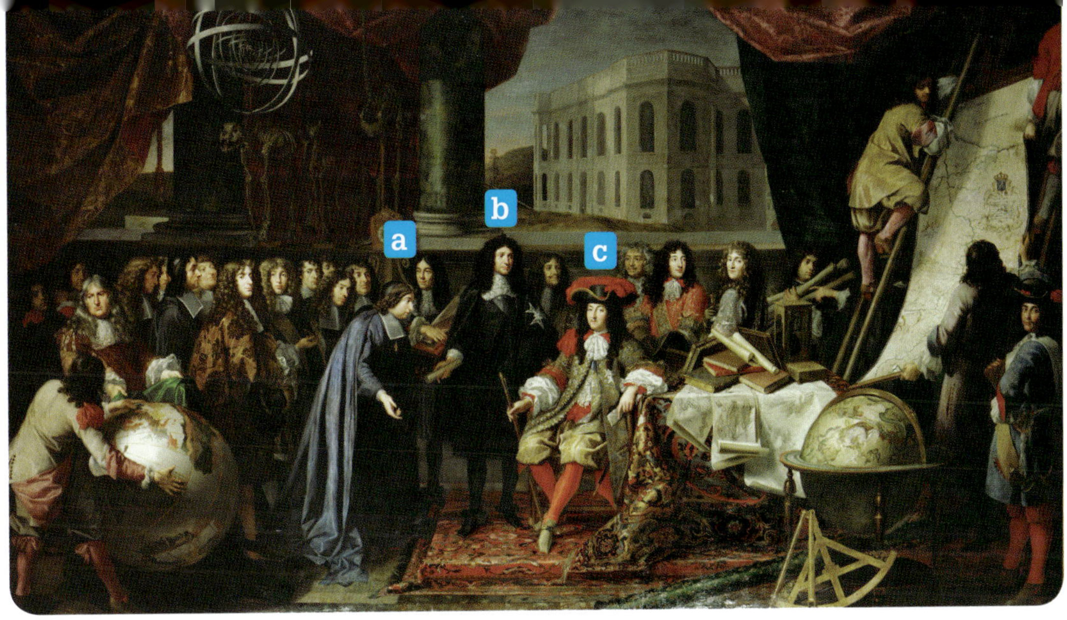

H. Testelin, *Colbert presenta a Lluís XIV els membres de l'Acadèmia Reial de Ciències* (c. 1667). Per promoure el desenvolupament científic i cultural francès (al marge de la Universitat i l'Església), el rei Lluís XIV va fer crear aquesta institució el 1667, una mesura que imitarien altres monarques absolutistes durant el segle XVIII. El quadre mostra una visita del monarca a l'Acadèmia. Apareixen alguns astrònoms i matemàtics, a més de l'abat J. B. Du Hamel (a), primer secretari de l'Acadèmia, el ministre de Finances J. B. Colbert (b) i el rei Lluís XIV (c).

La revolució científica

L'univers va adquirir una nova dimensió: amb el perfeccionament de la ullera i l'aparició del microscopi, allò infinitament gran i allò infinitament petit van ser accessibles a l'ésser humà. Totes aquelles observacions científiques semblaven conduir a una mateixa constatació: l'univers funcionava d'una manera ordenada i regular, segons lleis matemàtiques i regles preestablertes.

La finalitat d'aquests treballs va ser sempre la mateixa: es tractava de fonamentar racionalment el saber. Aquells descobriments van contribuir a destronar l'antiga cosmologia segons la qual la Terra romania immòbil al centre de l'univers, exposada a les envestides de forces sobrenaturals. La nova visió del món considerava la Terra com un element d'una enorme màquina.

Traduït i adaptat de: *Historia universal Larousse*. RBA, 2005.

Àgora

El procés a Galileu

La teoria de l'heliocentrisme (és a dir, que els planetes giren al voltant del Sol) va ser àmpliament difosa gràcies als treballs de l'astrònom, matemàtic i físic italià Galileu Galilei. Però l'Església va rebutjar aquesta teoria, i el científic fou jutjat i condemnat per la Inquisició.

» Si Galileu defensava la centralitat del Sol, quin era el model que l'Església considerava veritable? Per què creus que tenia importància censurar la teoria de Galileu?

N. Robert-Fleury, *Galileu davant el Sant Ofici* (1847).

Activitats

30. Per què s'afirma que el Barroc va ser un moviment cultural?

31. Llegeix el text sobre la revolució científica i respon:

- En quins dos corrents es fonamenta la ciència moderna? Explica'ls breument.
- En quins paràgrafs del text es tracta cadascun d'aquests corrents?

+ 32. Observa el quadre de Testelin i explica què és una acadèmia de ciències.

- Quins objectes científics reconeixes en el quadre que reflecteixen el coneixement en diferents àrees de la ciència? Qui va fundar aquesta acadèmia? Quin era el seu propòsit?

33. @ Investiga a Internet sobre algun dels científics destacats del segle XVII i redacta un informe sobre la seva biografia i les seves teories o invents principals.

34. Què va ser el Segle d'Or espanyol? Què van reflectir la literatura i l'art d'aquest període? Quins autors van destacar en literatura? I en teatre?

7. El Barroc europeu

L'art barroc va sorgir a Itàlia al segle XVII, tot i que la seva producció va estar present a tot Europa fins a mitjan segle XVIII.

7.1. L'estètica barroca

Els artistes del Barroc no van aportar grans innovacions tècniques, però van trencar amb els cànons renaixentistes de les proporcions, la mesura i l'equilibri.

Els trets estètics del Barroc es basen en la cerca de l'excés i la teatralitat per **impressionar** i **commoure.** Per a aquest efecte s'emprava la combinació de **moviments** i **llums** (amb corbes i formes ondulants, així com jocs de llums i ombres).

Clarobscur Tècnica pictòrica i escultòrica consistent a evidenciar els contrastos entre les zones de llum i d'ombra d'un quadre o d'una escultura.

Columna salomònica Columna que té el fust en forma d'espiral.

Escorç Perspectiva usada en pintura per representar figures perpendiculars al llenç o al paper.

Frontó partit Frontó en el qual un dels angles o costats no està tancat.

Escultura

Predomini del tema **religiós,** tot i que també es desenvolupen el mitològic, el funerari i el retrat.

Expressions dinàmiques, amb **escorços,** actituds desequilibrades, agitació de les robes i gestualitat.

Forts **contrastos entre llums i ombres (clarobscurs)** en les vestidures, els cabells...

Tendència al moviment; es capta el moment de més expressivitat.

Arquitectura

Alternança de parets rectes i corbes, amb entrants i sortints, entaulaments interromputs i **frontons partits.**

Plantes el·líptiques, ovalades i de formes geomètriques complicades.

Riquesa decorativa: reblades a les portades, volutes, fornícules i frontons amb escultures.

Integració de pintures i escultures com a elements arquitectònics decoratius.

Predomini de la **corba** sobre la recta; fins i tot s'arriben a retorçar les columnes **(columnes salomòniques).**

A: G. L. Bernini, *Apol·lo i Dafne* (1625). B: G. L. Bernini, *Èxtasi de santa Teresa* (1652). C: F. Borromini, San Carlo alle Quattro Fontane (Roma). 1667. D: A. Pozzo, pintura del sostre de l'església de Sant Ignasi, a Roma (1694).

Principals artistes barrocs europeus

En **arquitectura,** destaquen especialment autors italians com Carlo Maderno (Sant Pere del Vaticà), Gian Lorenzo Bernini (plaça del Vaticà) i Francesco Borromini (San Carlo alle Quattro Fontane).

En **escultura,** sobresurten Stefano Maderno *(Santa Cecília)*, Gian Lorenzo Bernini *(Èxtasi de santa Teresa)* i François Girardon *(Apol·lo i les nimfes)*.

En **pintura,** són notables les obres de Michelangelo Merisi da Caravaggio *(La vocació de sant Mateu)*, Peter Paul Rubens *(El davallament de la Creu)*, Rembrandt *(La ronda de nit)* i Georges de la Tour *(Sant Sebastià plorant per santa Irene)*.

Pintura

Composicions asimètriques que accentuen la mobilitat dels personatges, amb perspectives des dels angles.

Gran realisme: fins i tot es mostren els aspectes negatius dels personatges, amb precisió, emotivitat i dramatisme (naturalisme).

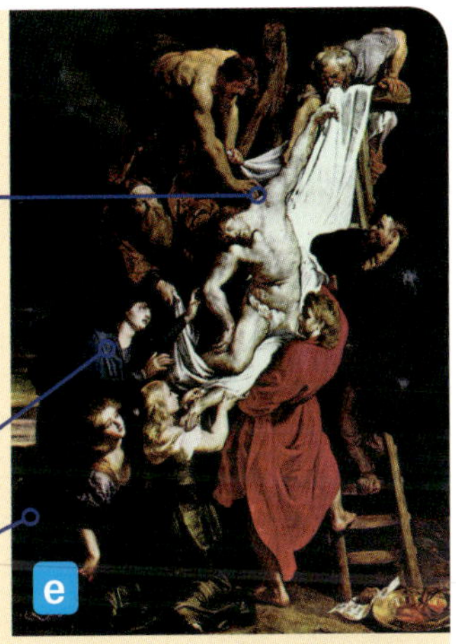

Temàtica molt variada: escenes religioses, històriques, mitològiques, quotidianes, retrats.

Abundància d'efectes **lluminosos;** s'accentuen els contrastos (clarobscurs) que atorguen profunditat.

Ús de la tècnica de l'oli **sobre llenç,** i del **fresc** per a les voltes.

E: P. P. Rubens, *El davallament de la Creu* (1614). F: M. M. Caravaggio, *La vocació de sant Mateu* (1600).

Rembrandt, *La ronda de nit* (1642).

Activitats

35. Sintetitza en una taula les característiques principals del Barroc europeu.

@ **36.** En grups, prepareu una presentació animada sobre algun dels autors barrocs i les seves obres principals.

— A més de les imatges, podeu incorporar-hi fragments de música clàssica barroca.

37. Observa les obres e i f. Quina és la seva temàtica? Són realistes? Mostren sentiments? Com ho aconsegueixen?

— Són figures estàtiques o estan en moviment? Com s'aconsegueix aquest efecte?

38. Observa el quadre *La ronda de nit*, de Rembrandt, i analitza'l.

— Presenta la pintura, l'autor, el seu context i la temàtica.

— Analitza la composició, els colors i la llum. Presenta asimetria? Com és la perspectiva? Quins colors hi predominen? S'hi observen clarobscurs? Quin efecte s'aconsegueix amb aquesta característica?

— És una pintura realista? Raona-ho.

— Interpreta l'estil de la pintura.

+ **39.** Redacta un informe sobre les similituds i les diferències entre el Renaixement i el Barroc.

8. El Barroc hispànic

El Barroc va tenir un enorme desenvolupament a Espanya i Hispanoamèrica durant el segle XVII, i des de l'art va contribuir a l'enriquiment del denominat Segle d'Or espanyol. La creativitat barroca encara resulta més excel·lent si es considera el context de decadència política i econòmica pel qual passava el país.

Principals característiques del Barroc espanyol

Pintura

- Predomini del gènere **religiós,** encara que també abunden els retrats i els **bodegons.**
- **Realisme** en el tractament dels continguts i de les formes.
- **Realisme i tenebrisme** en la primera meitat del segle XVII, i **dinamisme i colorisme** en la segona.

Escultura

- Predomini de la **temàtica religiosa,** finalitat devocional i litúrgica **(imatgeria).**
- Èmfasi en **l'expressivitat,** per commoure i emocionar l'espectador.
- Abundància dels **passos processionals.**
- Utilització de la **fusta,** preferentment en talles policromes.

A: D. Velázquez, *Les filadores* (1660). B: Retaule de l'altar major de l'església de l'Hospital de la Caritat (Sevilla). 1675. C: J. Juli, Façana de l'església de Betlem (Barcelona). 1680-1729.

Arquitectura

- Destaquen els **edificis religiosos,** tot i que també es van fer construccions civils, com ara palaus.
- Desenvolupament sobretot de **les façanes** dels edificis, sobrecarregades amb profusió d'elements decoratius.
- Utilització de **materials pobres,** com ara el maó, el guix i la fusta, a causa de la precarietat econòmica.
- Desenvolupament **més tardà,** per la pervivència de l'art herrerià renaixentista.
- Evolució en **tres períodes:** de sobrietat, de gran decorativisme i d'exuberància decorativa (xoriguerisme).
- A **Catalunya,** la majoria d'edificis barrocs s'emmarquen en el segon període.

Principals artistes barrocs espanyols

En **arquitectura,** destaquen Pedro de Ribera (Reial Hospici de San Fernando), Alberto Churriguera (Plaza Mayor de Salamanca), Fernando Casas y Novoa (façana de l'Obradoiro de la catedral de Santiago de Compostel·la) i Josep Juli (façana de l'església de Betlem de Barcelona).

En **escultura,** sobresurten Juan Martínez Montañés *(Crist de la clemència),* Alonso Cano *(Immaculada),* Francisco Salzillo *(L'oració de l'hort)* i Andreu Sala *(Sant Ignasi de Loiola).*

En **pintura,** són notables les obres de José de Ribera *(Martiri de sant Felip),* Francisco de Zurbarán *(Sant Hug visitant el refetor),* Bartolomé Esteban Murillo *(Nens jugant als daus),* Diego Velázquez *(La rendició de Breda, Las Meninas, Les filadores)* i Antoni Viladomat *(La vida de sant Francesc).*

Bodegó o natura morta Composició pictòrica que representa amb gran realisme objectes sense vida, com ara animals de caça, fruites, flors, estris de cuina, etc.

Imatgeria Composició escultòrica que representa de manera realista temes religiosos amb finalitat devocional o litúrgica.

El Barroc a Hispanoamèrica

Andalusia, i especialment l'escola barroca sevillana, va ser la responsable de la introducció del Barroc a Hispanoamèrica, gràcies a la seva vinculació preferent amb aquest territori de la monarquia hispànica.

Les principals manifestacions del Barroc hispanoamericà van ser arquitectòniques; el seu tret més característic és la decoració summament recarregada, sovint inspirada en la flora i la fauna de la zona.

Els focus més importants es troben a Mèxic i el Perú.

Església de la Companyia de Jesús (Cuzco, Perú). 1668.

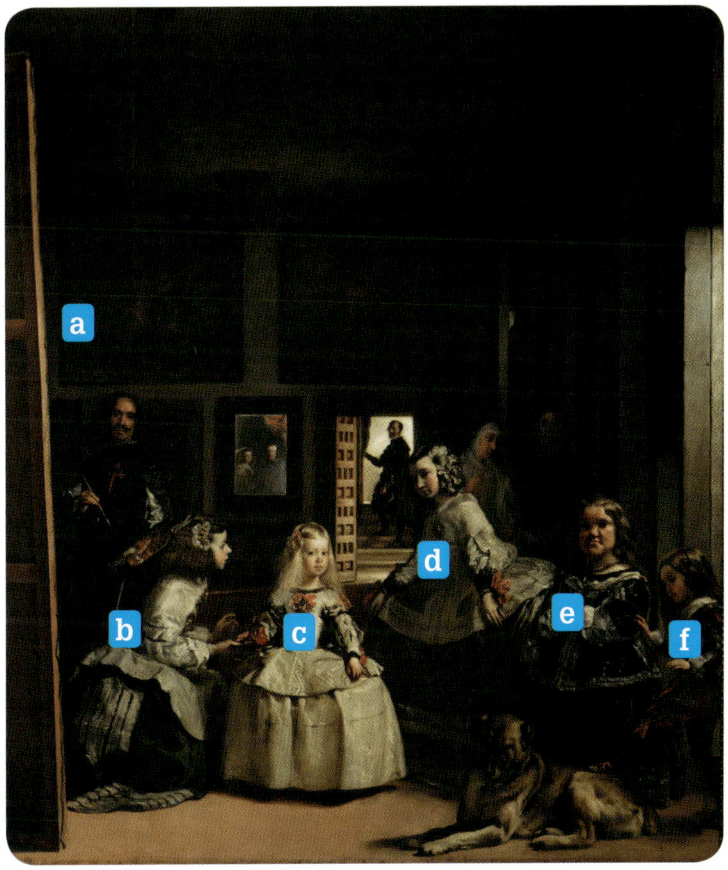

D. Velázquez, *Las Meninas* (1656). A l'obra apareixen Velázquez (a); la *menina* Maria Agustina Sarmiento (b); la infanta Margarida (c); la *menina* Isabel de Velasco (d), i els nans Mari Bárbola (e) i Nicolasito Pertusato (f).

http://links.edebe.com/friri8
http://links.edebe.com/sjnviz
Informació sobre *Las Meninas* del Museu del Prado.

@

Activitats

40. Elabora un mapa mental sobre les característiques del Barroc espanyol i els seus autors principals.

@ **41.** En grups, prepareu una presentació animada sobre algun dels autors barrocs espanyols i les seves obres més destacades.

42. Fixa't en la figura c i indica com s'hi reflecteixen les característiques de l'arquitectura barroca.

\+ **43.** En grups, busqueu exemples d'arquitectura barroca espanyola i analitzeu-los aplicant la **tècnica cooperativa** del *trencaclosques*.

— Cada membre de l'equip prepara la seva part de l'anàlisi (descripció, anàlisi, conclusió).

— A continuació, intercanvia informació amb els integrants d'altres equips que hagin fet la mateixa part de l'anàlisi.

— Finalment, explica als membres del seu grup la part que ha preparat.

@ **44.** Observa *Las Meninas* de Diego Velázquez i consulta les pàgines web indicades.

— Descriu la pintura: quina escena representa, quins personatges hi apareixen... Per què es titula també *La família de Felip IV?*

— Com és la composició de l'obra? On se situen els personatges? Com aconsegueix el pintor donar profunditat al quadre?

— És realista? Quins colors utilitza? Com aplica la llum?

Viure i morir al segle XVII

La vida quotidiana dels europeus al segle XVII estava plena de desigualtats i problemes. Així, mentre que una minoria composta per la noblesa, l'alt clergat i l'alta burgesia es podia permetre viure entre luxes i malbaratar els aliments, la gran majoria de la població tenia greus dificultats per subsistir: esquivar l'elevada mortalitat infantil, aconseguir aliments i habitatge, i evitar les malalties eren necessitats del dia a dia.

P. Brueghel, *La collita* (1565).

La vida a les ciutats

Les ciutats estaven mancades de les comoditats que avui considerem essencials, com ara l'aigua corrent, el clavegueram, l'enllumenat públic, etc. T'imagines com devia ser la vida diària en aquestes condicions? Com s'ho feien per eliminar les aigües residuals?

Panoràmica de la ciutat francesa de Rouen segons un gravat.

L'epidèmia de la mort

La pesta va assotar la població europea en diverses onades al llarg del segle XVII, i va provocar una gran quantitat de morts. Creus que hem avançat en la prevenció i el tractament de les epidèmies? Per què creus que les epidèmies s'estenien ràpidament?

D. Gargiulo, *La plaça del mercat de Nàpols durant la pesta* (1657).

La higiene escassa

Les cases no tenien lavabo, i la higiene consistia en algun bany molt de tant en tant. Les persones i la roba que duien, per tant, feien molt mala olor, i solament els que tenien diners es podien pagar els perfums i altres substàncies aromàtiques. A més de la mala olor, quins altres efectes provoca la falta d'una higiene bàsica?

B. Murillo, *Vella esplugant un nen* (1670).

http://links.edebe.com/uswwgq
http://links.edebe.com/xdpqac
http://links.edebe.com/j9s
http://links.edebe.com/23e
http://links.edebe.com/qdi
http://links.edebe.com/fxx

La pobresa de la major part de la població afectava directament la seva alimentació. La **dieta** es basava sobretot en el **blat** i la **civada,** que es consumien en forma de pa, panades, farinetes... Avui dia, seríem capaços de sobreviure amb aquest tipus de dieta?

El bandolerisme

La violència formava part de la vida quotidiana: furts, robatoris, atracaments... El bandolerisme, per bé que era temut, de vegades resultava atractiu, ja que s'identificava amb una certa idea de justícia social, en la mesura que els bandolers també atracaven els recaptadors d'impostos i els nobles. Creus que això realment era així? O es tracta solament d'una idealització feta per la cultura popular?

P. Wouwerman, *Atac a un grup de viatgers* (c. 1650).

Cre@ctivitat: Fer eixos cronològics

Per a dissenyar eixos cronològics podeu utilitzar una eina digital. La majoria permeten completar la línia del temps amb enllaços, mapes, fotografies o canals de youtube.

http://links.edebe.com/tpjdea

http://links.edebe.com/2f2un

http://links.edebe.com/e3997q

» Amb Dipity, prepara un eix cronològic interactiu sobre l'expansió de la pesta entre la població espanyola al segle XVII. Abans de començar, escriu els esdeveniments que vulguis reflectir-hi i busca les imatges o vídeos que hi incorporaràs.

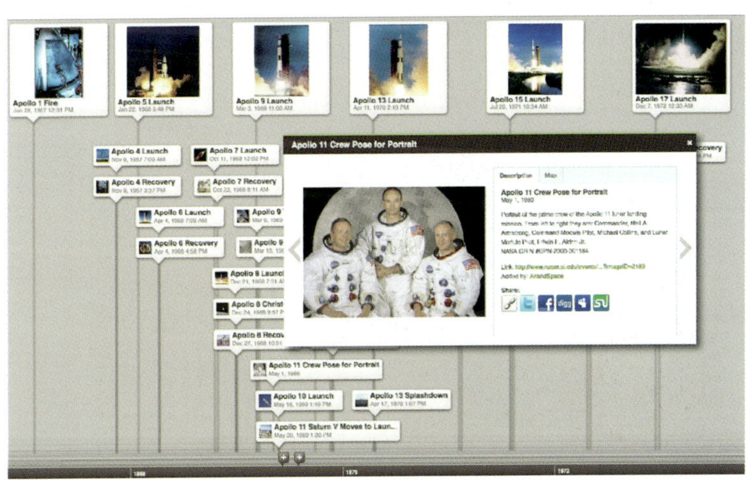

Aprèn a Analitzar l'arquitectura barroca

Entre les principals manifestacions artístiques de l'arquitectura barroca destaquen els edificis religiosos, com el de Santa Maria della Salute, a Venècia (Itàlia).

En 1630, el Senat de la República de Venècia va decidir aixecar una basílica un cop es va haver superat un catastròfic episodi de pesta. El resultat va ser la impressionant i teatral basílica de Santa Maria della Salute, projectada per Baltasar Longhena.

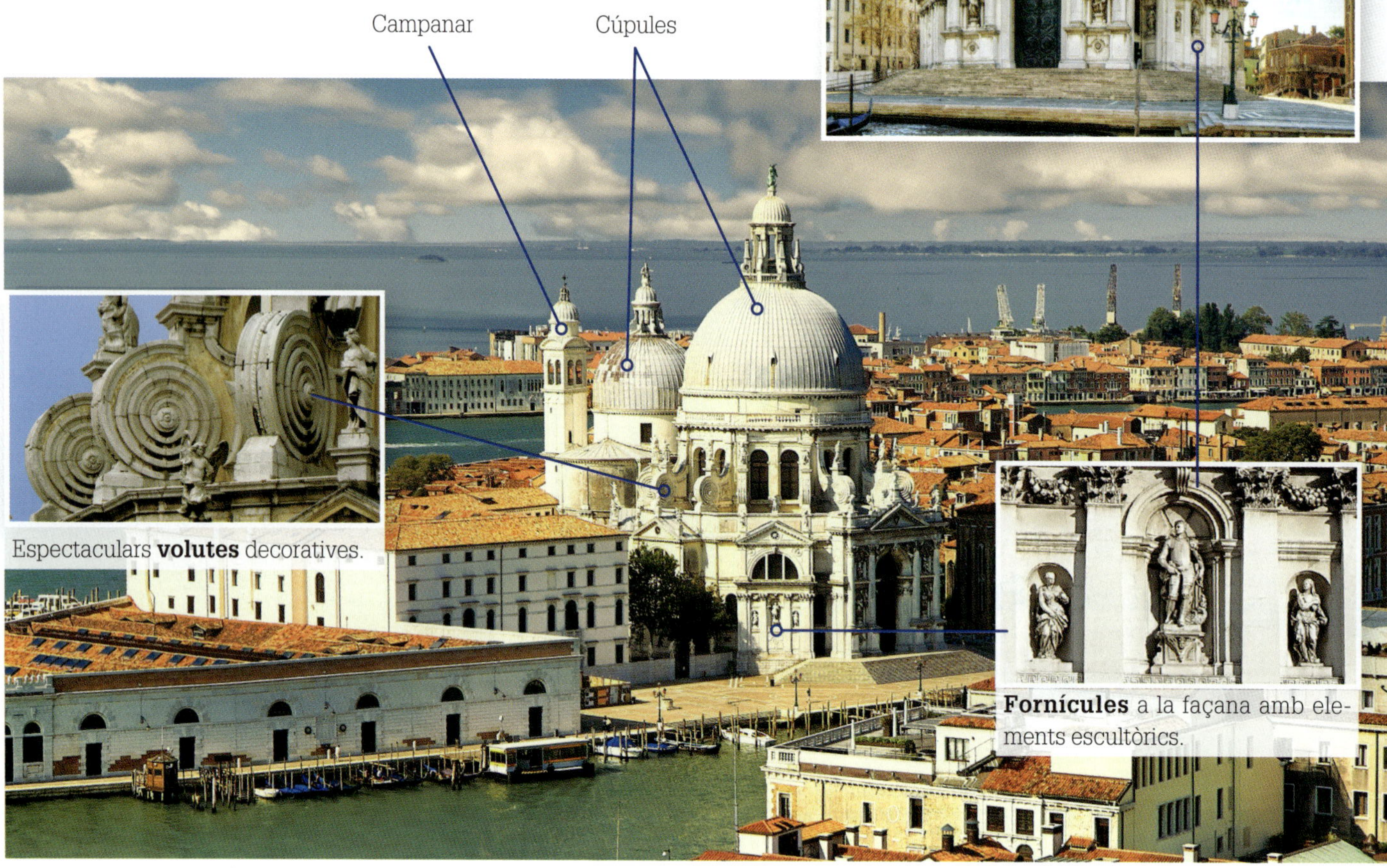

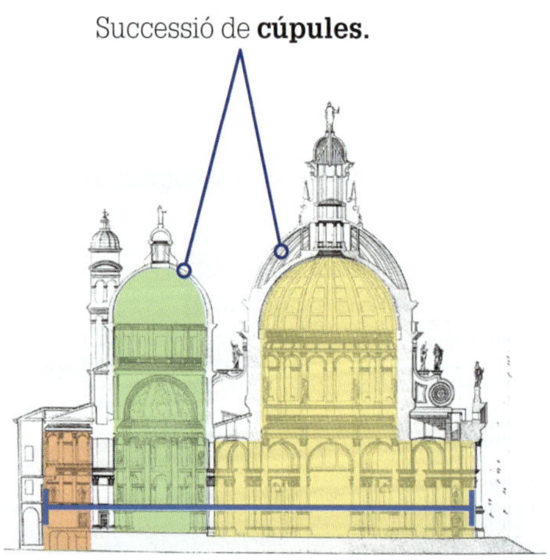

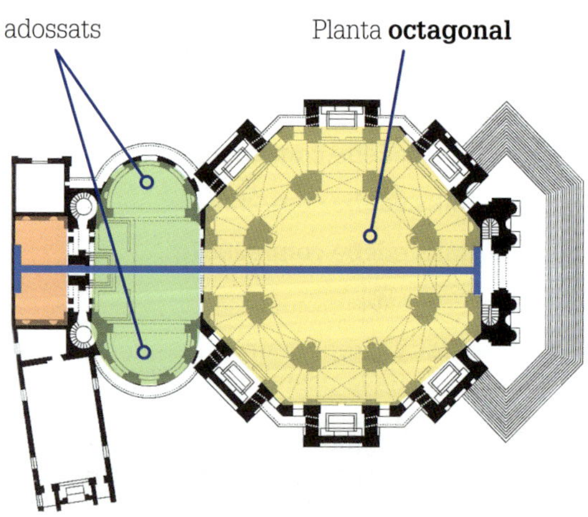

Passos

Aplicació

Descripció

» Consisteix a localitzar l'obra geogràficament i temporalment.

» **Obra:** basílica de Santa Maria della Salute (Venècia, Itàlia).

» **Període de construcció:** l'edificació es va iniciar l'1 d'abril de 1631 i es va estendre fins a 1687, quan l'església va ser consagrada. El projecte va ser encarregat pel Senat de la República de Venècia al jove arquitecte venecià Baltasar Longhena, després de guanyar un concurs de projectes.

» **Funció:** religiosa. És un edifici destinat al culte catòlic.

Anàlisi

» S'han d'interpretar els elements artístics següents:

- Planta: naus, cobertes, absis...
- Elements constructius: pilars, columnes, arcs, obertures...
- Elements decoratius: escultures, capitells...

En aquest edifici trobem nombrosos elements propis de l'arquitectura barroca desenvolupada a Europa durant el segle XVII i la primera meitat del segle següent.

» **Planta:** l'edifici està format per tres espais fonamentals articulats successivament a partir d'un eix central. Primer, la gran nau central amb forma octagonal, coronada per una enorme cúpula; després, l'antepresbiteri, amb una segona cúpula i dos absis laterals, i finalment, un cor rectangular adossat darrere l'altar.

» **Elements constructius:** la façana de l'edifici està recoberta de pedra d'Ístria. Els murs disposen de nombroses obertures (finestres aparellades i fornícules) a la façana, amb entrants i sortints abundants. El corredor de la nau principal està cobert amb voltes de creueria, i les dues cúpules descarreguen sobre pilars. Els dos absis laterals i els dos campanars posteriors reflecteixen la influència bizantina a la ciutat.

» **Elements decoratius:** a l'exterior, sobre la base d'elements clàssics (com ara columnes adossades d'estil corinti, arcs de mig punt, frontons), s'incorporen altres ornaments notables, com per exemple les fornícules amb escultures i les enormes volutes superiors que hi aporten dinamisme. Aquesta exuberància exterior contrasta amb la sòbria decoració interior; mentre que a l'octàgon es manté una sobrietat clàssica, la major part de la rica ornamentació es concentra a la zona de l'antepresbiteri i l'altar.

Conclusió

» Es tracta de valorar la importància cultural de l'obra en el seu context històric.

A partir de l'anàlisi de l'edifici, és possible concloure el següent:

» La basílica de Santa Maria della Salute és una construcció religiosa dedicada al culte dels feligresos. Per la seva estructura i decoració, respon plenament a la **finalitat simbòlica** d'evidenciar la prosperitat de la República de Venècia.

» L'arquitectura barroca està vinculada amb la representació de l'immens **poder** tant dels governants (en palaus) com de l'Església catòlica, que a través de la profusió simbòlica de les seves decoracions pretén reforçar-se davant de l'austeritat protestant.

Catedral de Múrcia.

Activitats

1 Observa la fotografia de la catedral de Múrcia i analitza'n la façana.

— Descriu els elements constructius que s'hi aprecien (columnes, arcs, cúpules, obertures...).

— Indica com és la decoració de l'edifici (escultures, capitells...).

— A quin estil correspon la façana? Justifica la teva resposta.

- Per resumir la unitat, completa al teu quadern l'esquema següent.

SEGLE XVII

es caracteritza per

Divisió i enfrontament
- en: la guerra dels Trenta Anys
- conclosa amb: Tractats:
  - ....
  - ....
- i que va originar un: Nou equilibri continental
- amb: L'hegemonia de França a Europa

Monarquies absolutes
- amb: Característiques:
  - ....
  - ....
- Exemple: França de Lluís XIV

Desenvolupament econòmic desigual
- que va provocar:
  - Auge atlàntic
  - Declivi mediterrani

Declivi polític i econòmic espanyol
- durant els: Àustria menors:
  - Felip III
  - ....
  - ....

Societat estamental
- amb: Privilegiats:
  - ....
  - ....
- No privilegiats:
  - ....
  - ....
  - ....

La cultura del Barroc
- que va propiciar el: Naixement de la ciència moderna
- i que va originar: L'estil barroc
- en el qual va destacar el: Segle d'Or espanyol

Dades clau

- Després de la guerra dels Trenta Anys, l'**hegemonia europea** va passar de la monarquia hispànica, que va entrar en declivi com a gran potència europea, a França.
- La **monarquia absoluta,** representada per la França de Lluís XIV, va esdevenir el model polític més destacat; el rei concentrava tot el poder.
- El **desenvolupament econòmic desigual** va provocar l'auge de la zona atlàntica (Anglaterra i Holanda) i el declivi de la zona mediterrània.
- La **cultura barroca** es va projectar en un estil artístic exagerat i realista (el **Barroc**), que es va mantenir fins a mitjan segle XVIII. També va afavorir el naixement de la **ciència moderna.**

Personatges

Lluís XIV
(1638-1715). Anomenat Rei Sol. Monarca de França (1643-1715), va aconseguir instaurar un règim absolutista i centralitzat.

Gaspar de Guzmán
(1587-1645). Noble espanyol, conegut com el comte-duc d'Olivares. Com a privat de Felip IV, va promoure la Unió d'Armes.

Activitats finals

1. Defineix les expressions següents.

absolutisme - dret diví - empirisme - escorç - manufactura - mercantilisme - privat - societat estamental

2. Relaciona correctament els elements de les tres columnes i escriu una breu afirmació sobre cada personatge.

a) Comte-duc d'Olivares	• Barroc	• Arquitecte i escultor
b) Francis Bacon	• Empirisme	• Dret diví
c) Francisco de Quevedo	• Monarquia absoluta	• Novel·lista i poeta
d) Gian Lorenzo Bernini	• Segle d'Or	• Observació i experimentació
i) Lluís XIV	• Unió d'Armes	• Revolta de Catalunya i Portugal

3. Aplica la **destresa** *explicació causal* per indicar les causes que van influir en la decadència de la monarquia hispànica durant el segle XVII. Pots utilitzar l'organitzador gràfic de la dreta.

augment de les despeses per les guerres
derrota a la guerra dels Trenta Anys
elevada mortalitat per les constants guerres
expulsió dels moriscos
fre de l'arribada d'or d'Amèrica
increment de la pressió social
mort del rei sense descendència
projecte de la Unió d'Armes

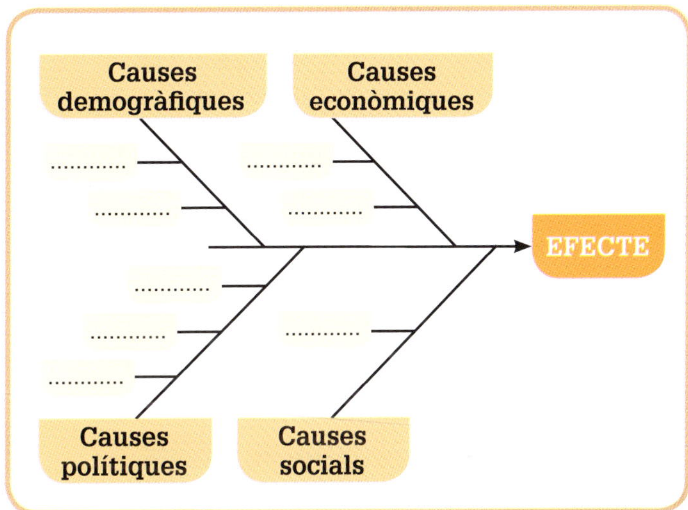

4. Observa atentament la pintura de Jordaens *El banquet del rei Fava* i analitza-la seguint les pautes que es donen a la unitat 1.

— Per fer l'anàlisi, has de tenir en compte: els personatges que apareixen en l'obra; la perspectiva i la profunditat; el joc de llums i ombres; els colors utilitzats; el tractament del realisme, i la composició, la verticalitat i l'horitzontalitat.

5. Completa al teu quadern una taula com aquesta sobre els autors següents: Bernini, Borromini, Caravaggio, Churriguera, Rembrandt, Rubens, Velázquez, Salzillo, Viladomat i Zurbarán.

Autor	Activitat artística	Obra principal

J. Jordaens, *El banquet del rei Fava* (1645).

Posa a prova les teves competències

Obtenir informació històrica d'un text

L'atribució del poder a un origen diví és una pràctica que es remunta a les primeres civilitzacions, i en alguns casos s'ha mantingut fins al segle XX. Podem reconèixer aquesta teoria també al segle XVII.

1. Llegeix el text i respon:

- Justifica si el text és una font primària o secundària.
- D'on s'afirma que procedeix el poder del rei? Quin és el paper que exerceix?
- Com és la figura del monarca?
- Segons Bossuet, com han d'exercir el poder els reis?
- Raona si aquesta teoria es relaciona amb les monarquies absolutes del segle XVII.
- Bossuet era un intel·lectual francès. Qui era el monarca de França quan ell va escriure aquest text? Justifica si aquest rei governava segons la teoria de l'autor.

L'origen del poder

L'autoritat reial és sagrada. Déu estableix els reis com a ministres seus i regna per mitjà d'ells sobre els pobles. Els prínceps, per tant, obren com a ministres de Déu i com els seus lloctinents a la Terra. Per mitjà d'ells Déu exerceix el seu imperi. Per això hem vist que el tron reial no és el tron de l'home, sinó el tron del mateix Déu.

Per tot allò expressat es manifesta que la persona dels reis és sagrada, i que cometre atemptats contra ells és un sacrilegi.

Els reis han de respectar la seva pròpia potestat i emprar-la solament en el bé públic. Venint la seva potestat del Cel, no l'han d'usar per al seu caprici i antull, sinó amb temor i circumspecció, ja que Déu els demanarà comptes.

Traduït i adaptat de: J. B. Bossuet, *La política extreta de la Sagrada Escriptura*. 1709.

El bisbe J. B. Bossuet va ser preceptor del príncep hereu francès.

Obtenir informació històrica d'un mapa

Durant el segle XVII, el continent europeu es va veure sacsejat per nombrosos conflictes, que van afectar tant els diversos països com els seus habitants: guerres, revoltes populars, rebel·lions polítiques...

La conflictivitat a Europa

2. Observa el mapa i respon:

- Quins conflictes van tenir lloc a França? I a les illes Britàniques?
- Quins conflictes van tenir lloc en els dominis de la monarquia hispànica? Elabora'n un eix cronològic.
- Quins van ser els dos conflictes més importants produïts en els dominis de la monarquia hispànica? Raona-ho.
- Quin tipus de conflicte va afectar més territoris europeus? A qui va enfrontar?
- Quina és la gran guerra europea d'aquest segle que, no obstant això, no queda reflectida al mapa? Explica-la breument.
- Redacta un text explicatiu sobre les causes de les revoltes populars. Utilitza les expressions següents:

fam - males collites
societat estamental

Obtenir informació històrica d'una pintura

Entre 1661 i 1710, el rei francès Lluís XIV va fer edificar el Palau de Versalles, i el va convertir en la seu del poder a partir de 1682. El palau i els jardins són obra dels arquitectes Le Vau i Hardouin-Mansart i del jardiner Le Nôtre. El quadre de P. Patel *Vista del palau i els jardins de Versalles* (1668) ens n'ofereix una visió panoràmica.

3. Observa atentament la imatge i respon:

- Descriu com és el palau; fixa't en l'extensió dels jardins.
- Qui creus que podria viatjar en la carrossa que està entrant al palau? Per què?
- Qui era Lluís XIV? Quin tipus de sistema polític hi havia a França durant el seu regnat?
- Explica les característiques d'aquest sistema polític i relaciona-les amb el concepte de dret diví. Què significa l'afirmació de Lluís XIV: «L'Estat sóc jo»?

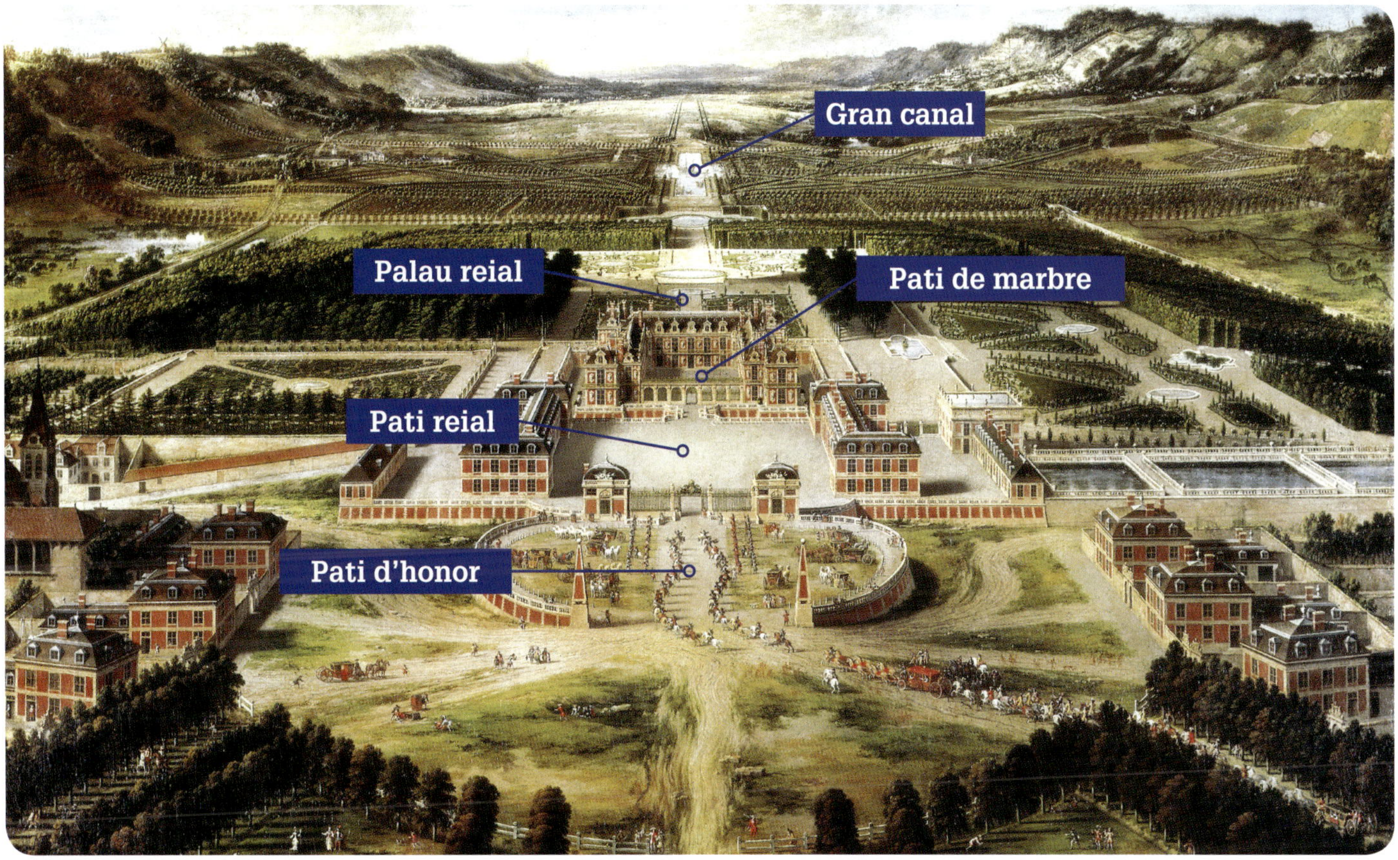

Reflexiona

Diari d'aprenentatge

- Què coneixies de la situació a Europa durant el segle XVII? Sabies per què l'11 de setembre és la Diada nacional de Catalunya?
- Què t'ha resultat més interessant de tot el que has après? I més difícil? Per què?
- Sabries reconèixer els edificis d'estil barroc? I diferenciar una església barroca d'una altra construïda en un altre estil?

Avaluació de competències

Elaborar un eix cronològic

Mitjançant un eix cronològic podem presentar gràficament la successió d'esdeveniments d'un periode històric determinat, com ara l'Edat Moderna.

1. Elabora un eix cronològic que inclogui des de l'inici de l'Edat Moderna fins al final del segle XVII.

— Distribueix proporcionalment les divisions principals de segles i les secundàries de 50 anys.

— Relaciona correctament els personatges i els esdeveniments amb les dates corresponents, i a continuació situa'ls en l'eix.

annexió de Portugal - caiguda de Constantinoble - Concili de Trento - Cortés conquereix Mèxic - descobriment d'Amèrica
guerra dels Trenta Anys - Leonardo da Vinci - Lluís XIV - Martí Luter - Moctezuma II

1452-1519	1453	1466-1520	1483-1546	1492	1521	1545-1563	1580	1618-1648	1638-1715

Obtenir informació d'un mapa històric

Un mapa històric ens permet obtenir informació sobre l'evolució en el temps d'un procés històric determinat.

2. Observa atentament el mapa inferior i respon.

— Proposa un títol apropiat. Argumenta la teva resposta.

— Quines eren les possessions de Carles I al centre d'Europa? Com les va obtenir? Per què se'l coneix també com Carles V?

— En quin continent es va localitzar la major part de les possessions de la monarquia hispànica? Com va ser possible? Quin esdeveniment ho va permetre i quan es va produir?

— Compara les possessions de Carles I i les del seu fill Felip II. Va augmentar o va disminuir l'extensió de la monarquia hispànica amb aquest últim rei?

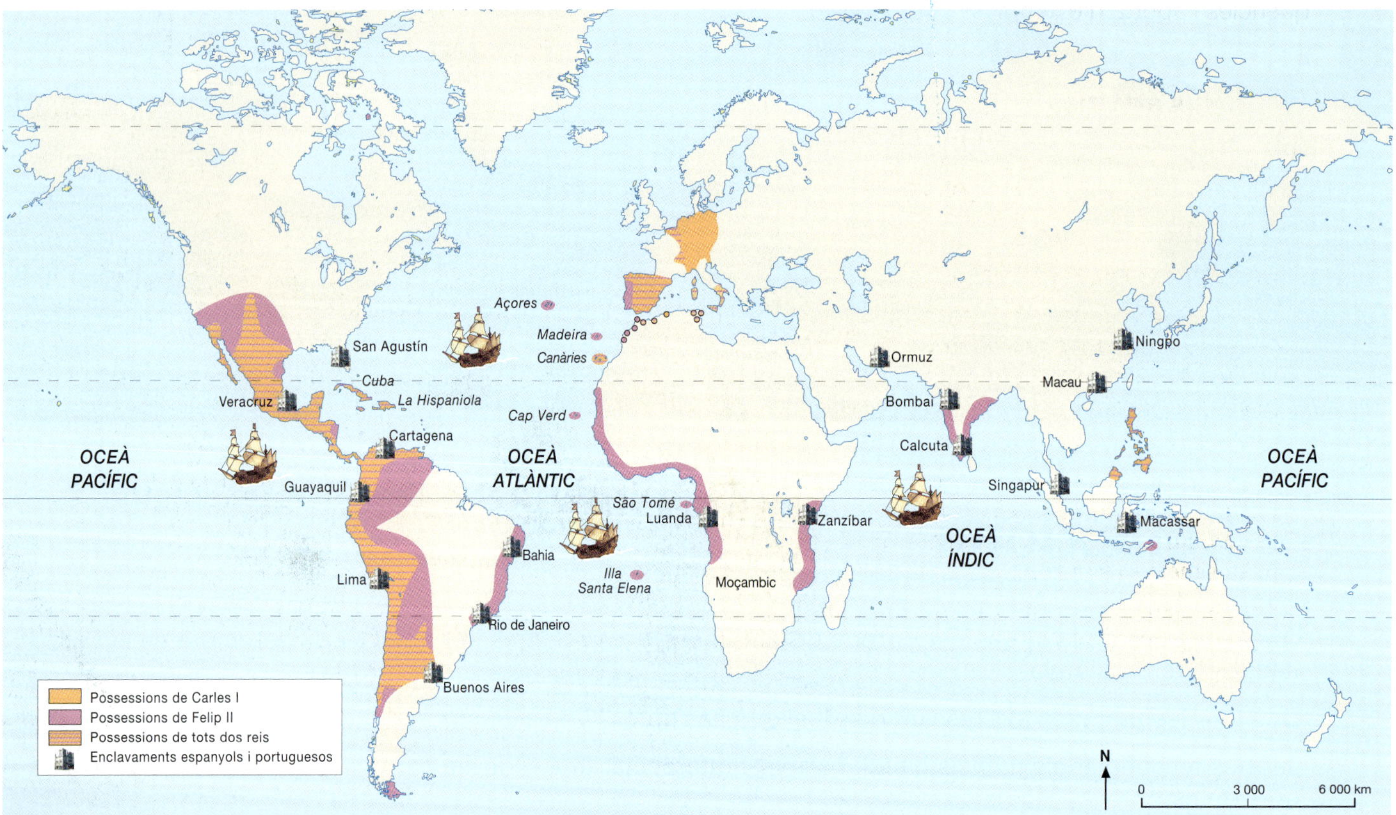

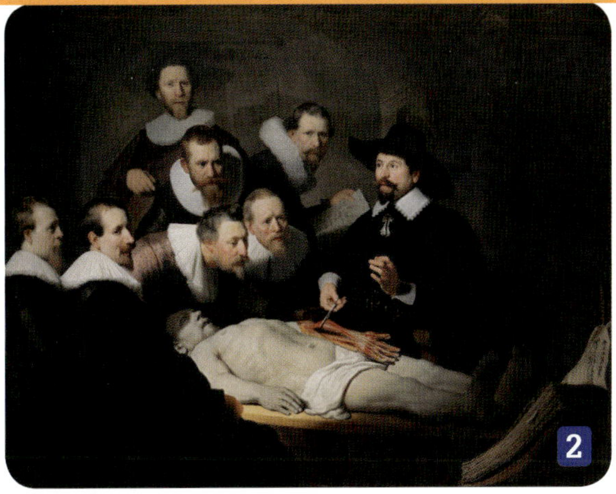

1: L. Le Nain, *Família camperola* (1632). 2: Rembrandt, *Lliçó d'anatomia del doctor Nicolaes Tulp* (1632). 3: Ticià, *L'emperador Carles V a la batalla de Mühlberg* (1548).

Caracteritzar les etapes històriques

Podem reconèixer algunes característiques fonamentals de l'Edat Moderna en les obres d'art coetànies.

3. Observa les tres pintures superiors, descriu-les i identifica quina característica reflecteix cadascuna d'elles.

- A partir del segle XV es van formar les monarquies autoritàries.
- Al segle XVII es van establir les bases de la ciència moderna.
- En la societat estamental la major part de la població mancava de privilegis.

A continuació, contextualitza breument aquestes tres afirmacions: indica les seves causes i conseqüències i aporta'n exemples.

Comparar estils artístics

Durant l'Edat Moderna es van desenvolupar dos grans estils artístics: el Renaixement i el Barroc.

4. Observa les imatges 4 i 5 i respon.

- Quina tècnica utilitza Botticelli a l'*Adoració dels Reis* per aportar profunditat al quadre? De quina manera l'aplica?
- Relaciona els termes següents amb cada obra: lluminositat/clarobscur, realisme/idealització, recta/corba, religiositat/quotidianitat, simetria/asimetria.
- A quin estil artístic correspon cadascuna? Raona la teva resposta.

4: J. Jordaens, *Autoretrat amb la seva família* (c. 1621).
5: S. Botticelli, *Adoració dels Reis* (1482).

Europa a l'inici del segle XVI.

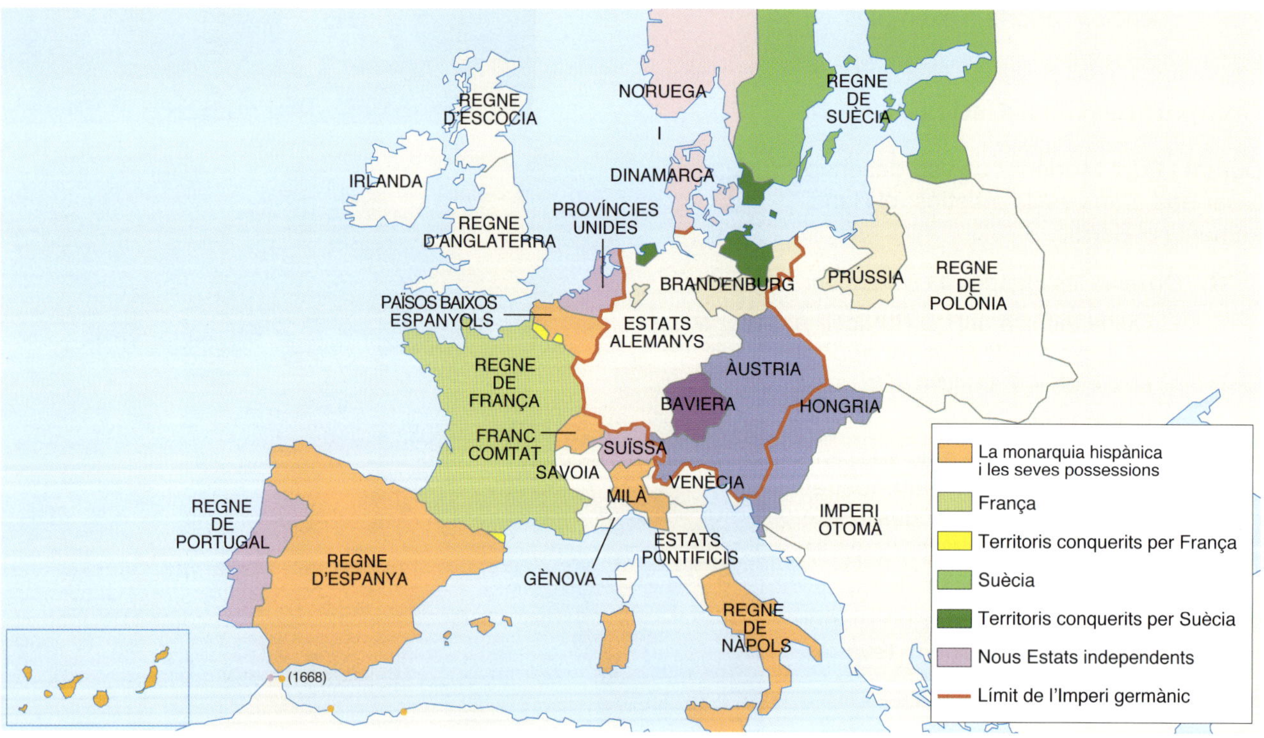

Europa a mitjan segle XVII.

L'EXPLORACIÓ DEL MÓN

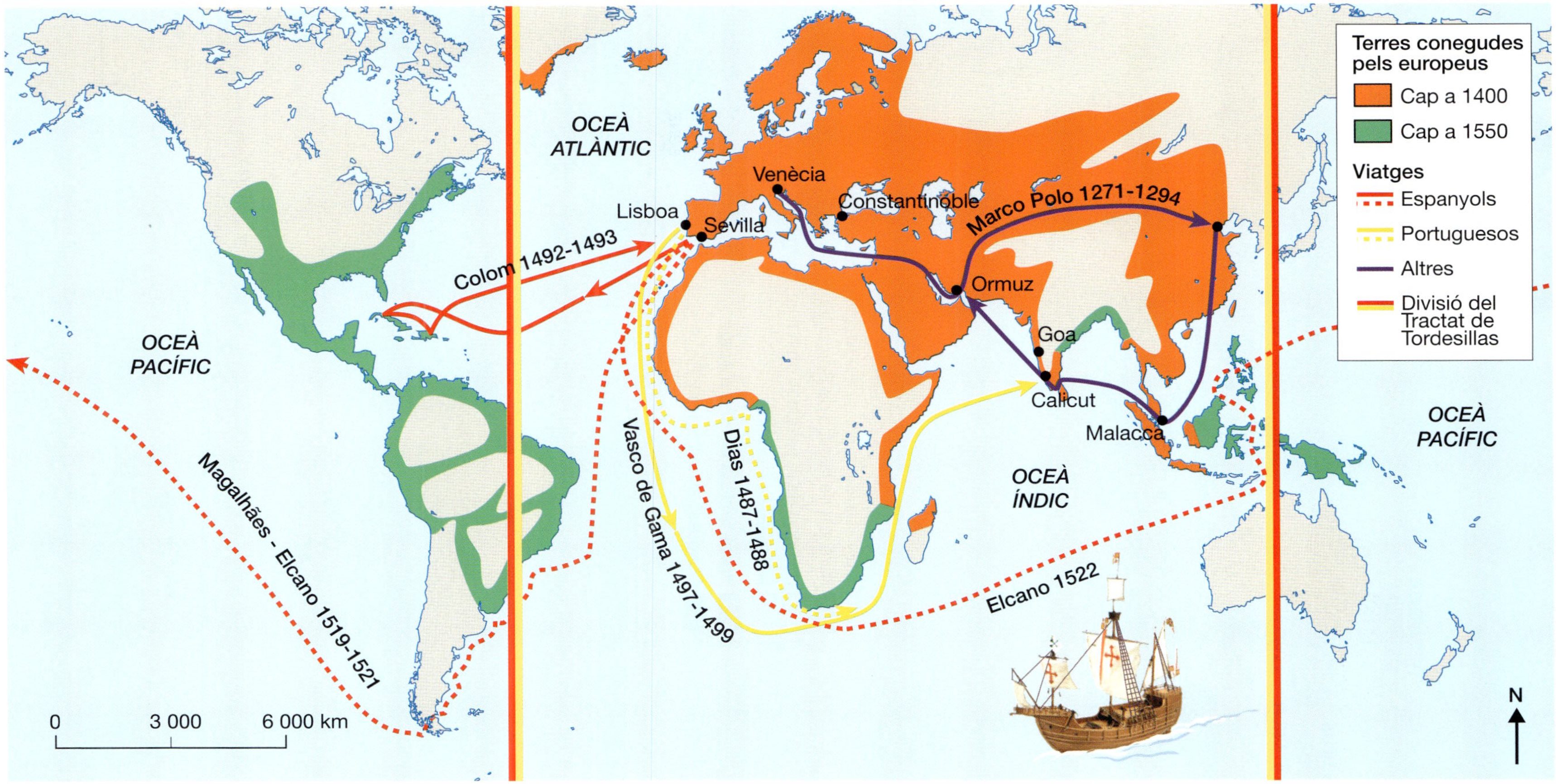

Rutes exploratòries (segles XV-XVI).

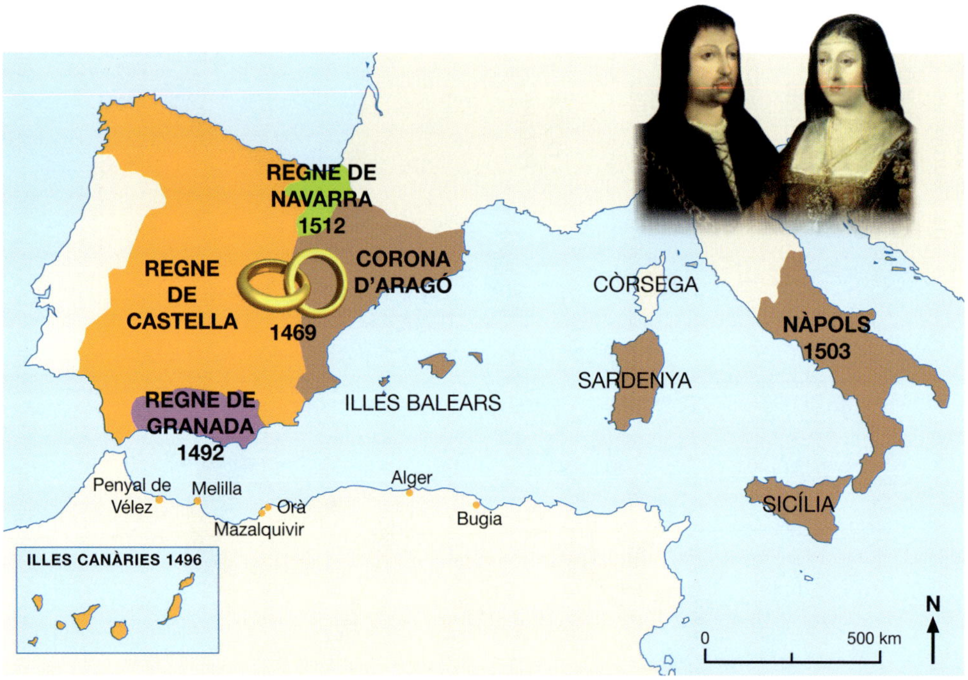

Dominis dels Reis Catòlics (segles XV-XVI).

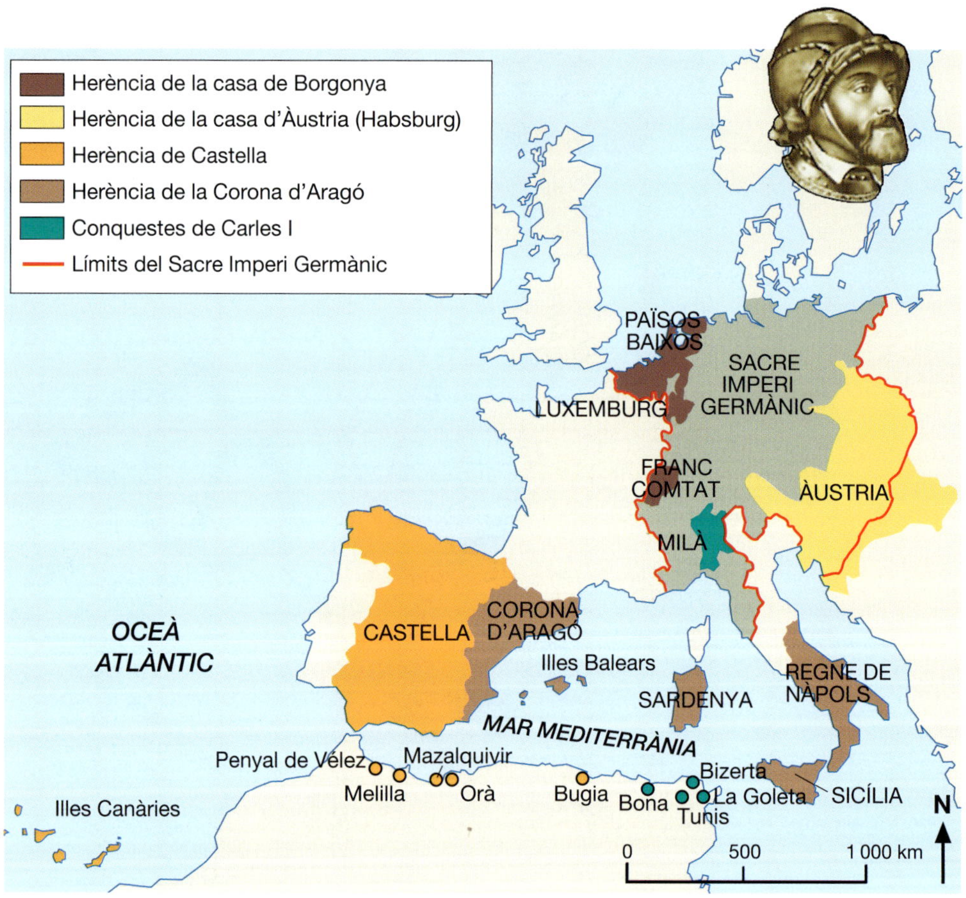

Dominis de Carles I (segle XVI).

LA MONARQUIA HISPÀNICA

Dominis de Felip II (segle XVI).